張純甄—著

地球的背面

出版序──後山新秀　嶄露鋒芒

國立臺東生活美學館　館長　李吉崇

回顧後山文學獎走過多年，本館自二〇一四年起接續辦理累積五年的後山文學獎舉辦成果，著實展現出屬於這片土地美好的文學精神。有鑑於歷屆後山文學獎舉辦成效，為使後山優秀文學創作者一圓出版自創作品專輯之夢，並本於文學向下紮根的傳承使命，於本年度（二〇一九）舉辦首屆「後山文學年度新人獎」徵文活動，獎勵後山優秀文學創作者出版作品專輯，使後山文學的育成風潮由當年的地方文學，拓展成為一個全國聚焦的文學品牌，同時能讓具有潛力的文學創作者，藉由出版平臺行銷於通路，透過文學作品與讀者進行更多的在地文化脈絡對談，此乃辦理本活動之最大目的！

特別感謝王家祥、吳懷晨、陳雨航、葉美瑤及何致和等五位評審委員，不辭辛勞地為參賽作品審慎評選，至獎項遴選完成，計有張純甄──小說《地球的背面》、戴鳳儀──

小說《拉千禧之夢》及林宗翰——新詩《軍艦礁》（後改為《相信火焰，但不相信灰燼——羽弦詩集》），共計三件作品獲得本年度後山文學年度新人獎，實為殊榮可賀。《拉千禧之夢》用千禧年的跨越、故事背景與鋪陳、用記憶串聯的敘事的方式讓人著迷，是一篇令出版業者驚喜的作品。《地球的背面》短篇小說集，整體而言，作者文筆流暢，對文字的掌握、寫作風格與節奏美感，創作者具有無限發展潛力。

《軍艦礁》新詩專輯，作者十分熟悉花東風土，詩的語言成熟，文字成功轉化意象並展現詩的藝術性，具有強烈的出版企圖心。此三名獲獎新秀為後山文學獎開創新的扉頁，徵文活動自年度起跑以來，在文化部及交通部觀光局東部海岸國家風景區管理處，及花東縱谷國家風景區管理處之挹注經費下，開啟了後山文學年度新人獎的新元年，並感謝各界廣大迴響，令推動後山文學承先啟後之成效，呈現於本活動最終獲獎結果中。

獲獎新秀們藉由此獎項，使其在此平台展露光芒，為後山文學開啟了新的扉頁紀元，猶如花東的文化隨時代綿延邁進，總有百轉千姿的迷人風貌，以文學創造的光點，期許未來能有更多後山愛好寫作人才，持續為後山文學留下精采動人的章節，帶動更多後山愛好寫作人才積極參與角逐此項徵文活動，共同型塑後山最美、最迷人的文學特色。

推薦序 只要跑，風就會跟上來

國立東華大學華文系教授　吳明益

擔任創作的相關課程後，我總會不自覺地問學生同樣的，沒有創意的問題，那就是你們為什麼來讀一個關於創作的「研究所」呢？這段話如果用英文翻譯的話，會比中文有趣些，因為創所課程一般翻成英文是creative writing，創意、創造、創作……似乎原本都應該跟「研究所課程」可能涉及的那些帶有「秩序」意義的詞彙（course, project, program……）無關，其間似乎與創造性的生成存在著一個小小的逆反。

我並不是說創造性的生成不需要（或不具備）秩序，相反地，創造是非常需要秩序與自律的事。只是創造與秩序間，得有一個卡榫──像是完美的木造建築裡四處存在卻不可見的微小機關。做為一個授課的教師多年來的觀察，動機強烈的人，會比較快找到（或比較願意接受）兩者之間的神祕關聯。

純甄回東華讀創作所時，已經做過一些工作（包括代課教職），當時我問她為什麼要花費數年的時間給自己一個沒有保證的選擇？她說在大學時就對我提過的一些作品產生興趣，她想試試看，自己有沒有可能**成為**創作那樣作品的人。這個回答，帶著某種浪漫的勇氣。

坦白說一開始的時候我對純甄能否寫小說是帶著疑慮的，純甄無疑是個心思細膩，具有文字天賦，且願意思考的人，每回與學生面談時，她總是準備最充分的那一個。我知道她有很好的條件成為一個散文作者，她卻跟我強烈表達她要寫的作品是小說。

並不是什麼金科玉律，但對我來說，散文作者與小說作者最大的差別，在於後者有能力發現「具小說感」的材料，並進一步發掘這個材料的張力，從而創造一個小說宇宙。多數的好散文不必存在小說感與張力。散文作者或抒己意或說理、白描，雖然自由自在，卻有一個核心的「自我」存在。那個「自我」是散文最大的限制。

純甄是一個擅長細節，情感豐富的作者，成為散文作者對她而並不困難。我記得讀了幾篇純甄的作品，直到讀到〈學習羽毛〉，我才跟純甄說，或許妳能寫小說也不一定。

在這本作品集裡，純甄就像每一個「第一本書」的作者一樣，把自己的作品依創作的時間序收錄進來。純甄坦然、誠懇地，將一個年輕小說家的生成與嘗試展露在讀者面前。做為一個讀者，我發現〈好天〉、〈地球的背面〉的散文性格強於小說性格，〈刺青〉、〈胡琴製造〉、〈人造衛星為何不墜落〉則是她的小說嘗試與實驗，但終究以〈學習羽毛〉最有「從屬」純甄的氣味。

雖然是第一部作品，純甄關心「人」的本質，而不是「自己」的命運，她的故事裡有很大的旁觀性質，並且以勤勉的個性做了功課，這讓她的作品有了一個好的開始。認識純甄的人會不容易看出來這是「純甄的」小說，意味著她的題材比一般「第一本書」的作家更廣，也是她不同於散文作者的自我。也意味著這本作品集裡，她掌握這些「人生以外」的題材不會達到成熟之境。不過，這也是我喜歡純甄面對自己作品態度的原因：不假裝（在這個年紀）對人生有極大的頓悟或哀傷，而是誠實地去將那些打動她心底的所見所聞，用小說作者的氣息吐露出來。

在純甄的小說人物裡，有小鎮的藝師、年輕的跑步者、索求故事的刺青師或是小島的居民，純甄對他們總是報以溫暖的筆觸。我很喜歡的以色列作家艾加．凱磊（Etgar Keret）曾說，他父親過去講的床邊故事，總有一些微妙的暗示。那就是人們很需要在最不可能找到良善的地方找到良善，要找到一些角度，為醜陋的事物打光，對疣與皺紋生出愛意。

純甄的故事讓我感覺到類似的意圖，也許在這第一本作品裡還顯得生澀，但就像她筆下的邦查跑者馬拉葛一樣，他認為只要他跑，風就會跟著他；只要他不停下來，風就不會消失。

我以這句話，做為對純甄文學路的祝福。

自序｜我登上一個更好的星球了嗎

瑪格麗特・愛特伍在《與死者協商》中提到有三個問題是作家經常拷問自己的：「你為誰而寫作？」「你為什麼要寫作？」「你寫作的靈感來自哪裡？」接下來她羅列了所蒐集到的答案，那一長串「因為……」的字句相互堆疊，美且真實如一首詩，然而每個人的答案都是不一樣的。

既然在寫作動機這個題目上失敗了，於是愛特伍便換了另一種作法。她問作家們寫作時的感受，她這樣問：「你們進入一部小說的創作狀態時有什麼感受？」沒有人反問她「進入」是什麼意思。有人說像洞穴、迷宮、海底，或者在漆黑的房間內摸索家具；或在黎明或傍晚時過河；或是坐在空無一人的戲院等電影上演。

「阻礙，默默無聞，空虛，失去方向感，暮色，燈滅，而且還經常伴隨著一場鬥爭、一段道路或者一次旅行——雖然無法看見前面的路程，但是感覺到前面有路，於是便往前走，走著走著終於見到了光明——這就是許多作家在描述寫作過程中所提及到的相同之處。……。或許，寫作與黑暗有關，與進入黑暗的欲望或衝動有關。如果幸運的話，作家能夠照亮黑暗並把黑暗中的某一樣東西帶回到亮處。」（2013: 9-10）

每次當我進入寫作狀態時，真的就如同前引瑪格麗特‧愛特伍所提到的「進入黑暗」。在生活中，會有某些片段「撞擊」我，讓我想要將之發展成一個故事。於是我進入書寫，有時我失敗了，片段無法發展成完整的故事，而有時故事慢慢發展建構起來，燈亮了，故事完成了，恍若有神，好像不是由我書寫而成，又扎扎實實是由我所書寫而成的。

然而，在完成這九篇小說後，當我一再進入黑暗又尋回光亮時，我登上一個更好的星球了嗎？並沒有，我只是發現我來到了「地球的背面」。

地球的背面其實就是地球的陰暗面。它是我們心靈上的一個暗面，這些暗面帶領我進入，讓我在裡頭有尋光的慾望。當我再回看這些故事時，發現裡頭充滿水分。〈地球的背面〉中失聰的我卻一再聽見的漏水聲，〈好天〉中神鳥兜羅以眼淚哭出的湧泉，〈學習羽毛〉裡幕妮傷心地走入秀姑巒溪，〈人造衛星為何不墜落〉中彷彿被海水圍困的小島居民，〈胡琴製造〉中父親療養院旁的湖泊。才發現，我們的心中彷彿蓄積了整座湖泊的淚水。

然而穿過黑暗，彷彿穿越地心，來到了地球的背面，實際上它擴展了我們心靈的疆域，看見更多自我與他人、已知與未知的暗面。我的小說，都帶我進入黑暗，去到這樣的一個背面，大多是帶有傷痛與水聲的故事。就如同瑪格麗特・愛特伍在《盲眼刺客》中所提到的：「只有失落、抱恨、悲哀和渴盼可以讓故事推進——沿著它盤纏曲折的路線推進。」

地球的背面

目次

003 出版序　後山新秀　嶄露鋒芒／李吉崇
005 推薦序　只要跑，風就會跟上來／吳明益
009 自序　我登上一個更好的星球了嗎
015 地球的背面
033 好天
047 刺青
063 學習羽毛
077 胡琴製造
087 人造衛星為何不墜落
111 聖誕老人問卷調查
119 三間屋
127 未完成青春期

地球的背面

地球的背面

一開始我以為是漏水聲。

我找遍家裡每一個可能漏水的地方，馬桶、洗手台、熱水器、冰箱、廚房流理臺、飲水機、頂樓水塔，甚至翻開暗架天花板上所有的矽酸鈣板，都沒有發現漏水的痕跡。我將耳朵緊貼著水管、牆壁、櫥櫃，各個地方，但除了冰涼的觸感外，那裡頭也沒有任何空氣震動的跡象。我請朋友和水電工人到家裡來，他們都說沒有聽見任何漏水聲。他們說「任何」這兩個字的表情特別用力，讓我微微惱火。當我堅持家裡一定有某處正在漏水時，朋友跟水電工人最後都生起氣來了，好像我是一個不肯聽老師正確解答的學生，或是一個不肯聽醫生建言的頑固病人一樣。朋友用擔憂的眼神看我，離開時在玄關口，她用兩手捧起我的臉頰，讓我的臉正對著她的臉，用清楚的嘴型，慢慢地告訴我：「妳可能壓力過大，產生幻聽了，找時間去看一下精神科醫師吧。」

朋友和水電工人消失在玄關後，我環視整個房間。所有櫃子都清空了，家具不在原本的位置，廚具、書本、衣服散落各處，幾乎沒有可以走動的地方。為了找到那漏水聲，我把家裡翻成這副德行，像地震過後或發生竊盜案件。若我現在報警，警察看到現場後肯定毫無懷疑地開始搜查了吧。那我又該如何解釋現況呢？不是的，警察先生，沒有東西遺失，也沒有人惡作劇搗亂我的房間，是我自己弄成這樣的。若說有什麼奇怪的地方，就是家裡多了漏水聲而已。我會將家裡翻得這麼亂，為的就是找出那多出來的聲音。若是這樣說，最後被抓走的大概是我吧。

我用力將沙發上的東西全部推到地上，躺在上頭想著，我真的是產生幻聽了嗎？朋友的推測不無可能，因為我明確地聽到這個世界上的某個聲響，而別人都聽不到，狹義上來說這是一個悖論，因為我根本聽不見。更準確地說，我是漸漸聽不見了。出生時，我對旁人的呼喚沒有太多反應。醫生說我的聽力一切正常，只是發展較為遲緩，多受些聲音刺激就會好了。父母於是狠了心，買了一切會發出聲音的玩具，包含各種玩具樂器或會發出怪聲的塑膠娃娃，在我耳邊不斷地敲敲打打。我聽得見，只是反應少地幾近於吝嗇。長大後，讀了一些資料，才發現那個醫師根本是個庸醫。

胎兒在母親漆黑的子宮中，最先發展的感官就是聽覺，尤其在接近出生的最後三個月，大腦會更為忙碌地處理聲音，以助於熟悉子宮外的聲音世界。在羊水中，胎兒不只可以聽到媽媽的聲音，甚至連心跳聲、血液流動聲、消化系統周遭因為空氣而產生的泡泡聲，以及子宮上方肺部呼吸時的充氣聲都聽得見。簡單來說，我出生時的聽力並不正常。長大過程中，通常要將耳朵靠近，才聽得見對方在說什麼。我整個學生時期都坐在教室第一排，用力地聽清楚老師的講課內容。高中時，左耳已經聽不見了；上大學後，右耳也完全失去聽覺。聲音就這樣在我的生命中緩慢消失，一開始像是從離得很遠的一個點飄來的、被海綿稀釋過的聲音，漸漸變得扁平而缺乏立體感，最後完全消失。但那並不是接近於真空般的無聲狀態，而是還會留下一些空氣震動的殘影，所以身邊若有較大的聲響，雖然聽不見，我還是可以感覺的到。聲音以這樣非常不乾脆的方式在我的生命中緩慢蒸發，直至完全消失。我完全聽不見現實的聲響後，卻清楚聽見虛幻的聲音，這聽起來真像一則諷刺笑話。

我發現自己的嘴角隨著這個念頭往上牽動時，四周已經完全暗了下來。我在黑暗中起身，腳底傳來一陣刺痛。因為看不見，我只好趴低身子用四肢匍匐的方式到牆壁摸開關的位置。燈亮後，房間依舊混亂不堪，低頭看腳底滲著血，但傷口並不深。沙發邊角，散落著馬克杯的碎片，應該是我從沙發上一併掃落地面的。當然，我沒聽到那碎裂的聲音。

馬克杯是阿遠到澳洲出差時寄回台灣給我的。非常普通的馬克杯，印有袋鼠和迴力鏢的圖案。

「你知道送杯子在中文世界是什麼意思嗎？」我在視訊鏡頭前舉著馬克杯嘲笑他。

「一杯子就是一輩子的意思，你是在跟我求婚嗎？」

「我以為在心理學上杯子是慾望的象徵，Subconscious，看妳滿櫃的杯子就知道妳是個慾女阿。」阿遠說。

「杯子上的圖案還是袋鼠和迴力鏢，這是在搞笑嗎？根本是獵殺與死亡的象徵啊。所以才說婚姻是愛情的墳墓嗎？」我笑到將杯裡的水都潑了出來。

我想，這是在愛情裡的男女永不疲倦的樂事吧，拆解各種表面義、引申義、反義、歧義。我笑到橫膈膜發痛，眼角蓄滿淚水，幾乎是湧出悲哀的感受後才停止下來。

我的確擁有滿櫃的杯子，而現在櫃子空了，杯子散落在房間各處，阿遠送我的杯子也摔碎了。我喜歡收藏各種瓷器製成的杯子，其實於情愛慾望無涉，我當時並沒有跟阿遠說這件事。我悲傷的時候就買杯子，尤其喜歡加了動物骨灰的骨瓷，相當精美透亮，也相當易碎。聞不到，但裡頭有被釉色包裹住的骨頭的氣味。那被磨成粉狀的動物骨頭，曾經也是堅挺地撐住肉身，有屬於牠自己的完整的悲傷以及幻夢。收藏滿櫃的杯子，其實是將那悲傷與沉睡其中的幻夢小心翼翼地收藏起來。說起來可能會遭致濫情的批評，所以沒和任何人說過，但這的確是組成我個人人格的一部分。

骨瓷杯收在櫃子裡，看起來美好無害。我悲傷時就買杯子或者擦拭杯子。將櫃裡的杯子一個一個取下，用棉布擦拭乾淨，再擺回櫃子裡，調整角度，把最完美光亮的一面朝向外側。時間久了，杯底會開始產生裂紋，稱為「冰裂」，一種因殘缺而形成的極致的美。我喜歡冰裂。隨著時間，那裂紋會鑿地更深，爬地更遠。那是像年輪、皺紋、疤痕一樣的生命軌跡，有時你以為那裂紋像凝結一般靜止不動了，但其實在肉眼看不見的隱伏處，它仍舊持續生長著，像無聲的故事一樣。「若不想說你可以不必說。」旁人總是以這樣謹慎的起手式問起耳朵的事，我都會笑著說沒事，我已經習慣了。努力將淚水壓下去的同時，酸澀的感覺就會浮上來，我感覺自己內心的冰裂又往更深的黑暗鑿蝕下去。有一天當我離開人世，我要和這些骨瓷杯一同埋葬，我的骨灰或許就可以和這些瓷器相融在一起。我無聲的悲傷和我收藏完好的悲傷，完美融合，再無二致的棲身在深如海底的黑暗裡。但是在此之前，我會持續擦亮瓷杯，讓光潔外表溫柔地覆蓋底層不斷生長的裂痕，擁有自身時光靜好的姿態，不沾染一絲塵垢。

可是現在杯子都散落各處了，將原有的秩序打亂，而且彷彿蠻橫地不想再回到原來的地方去。面對混亂的房間，我無力地想著，難道是因為我將每一個悲傷都完好收藏，不曾丟棄或毀壞，悲傷過於龐大以致超載，才導致這屋裡的空間漸漸失去某種平衡與秩序，因而在我看不見的地方開始產生裂縫，滲出水來嗎？還是裂縫本來就存在，而所謂完美光亮只是我用來欺騙自我或他人的一種姿態？

好煩人，因為聽不見的關係，我盡量減少和他人對話的機會，久了就養成這樣自言語的習慣。當我從思緒的泥沼中回過神時，時間總是毫不留情地推進，好像我的腦中有個黑洞，會吞噬掉現實的一切，包括我自己。

我決定暫時不管杯子的事了。打開冰箱，裡頭只有兩顆蒂頭發霉的橘子與半瓶智利混釀紅酒。阿遠不肯接我電話的這一個月以來，自己到底吃過或做過什麼都想不起來了，唯一記得的只有自己整日昏睡，直到聽見屋裡出現漏水的聲音。

我雖然耳朵聽不見，但因為不是先天失聰，所以說話完全沒有問題，腔調與口音和一般人無異，也能控制在適當的音量。即使漸漸聽不見，但只要看對方的口部動作，大致就可以知道在說什麼，我再口頭回應，一般生活溝通沒有太大問題，所以我並沒有學習手語。只是有時若碰到一些口型類似的字詞，則需要再和對方確認意思。平時主要是做試衣模特的工作，這個工作只要將衣服穿上，將對衣服舒適度的感受告訴設計師，再讓設計師在身上修改衣服就好，不太需要用到聽力，所以工作上幾乎沒有什麼問題。

我和阿遠是在台灣東北海岸一間私人海濱俱樂部認識的。我當時接到一個泳裝拍攝模特的工作，地點就在那間海濱俱樂部。因為試衣模特主要都是找與一般大眾身材類似的模特兒，所以以我一六五公分的身高，平常很難接到拍攝模特兒的工作機會，我已經一個月沒有吃含碳水化合物的食物，努力讓身材緊緻，沒有一絲贅肉。每天上完健身課程，回家後心情惡劣地吞下不含醬料的生菜沙拉，立刻倒頭就睡。拍攝當天天空正下著微雨，我一連換了十二套泳裝，在海灘上趴伏、跑跳或泡在海水裡。一連八個小時，我一邊撐緊肌肉線條、變換姿勢，一邊努力在雨中辨識攝影師的口部動作所下的指令。海灘旁有一群年輕男女，他們正在烤肉喝啤酒，每次回房間換泳裝時，我都必須經過他們旁邊。下雨再加上每次經過都會聞到那烤肉香氣，讓我心情越來越惡劣，心裡不斷咒罵著這家公司到底為何一季要出那麼多件泳裝。

拍攝工作終於結束後，洗完澡換上乾淨衣服，頭髮還沒完全乾透，我就急忙到餐廳吃飯。食物幾乎是來不及咀嚼就吞下肚，直到我感覺胃部終於有久違的溫暖與飽足感，才停止往嘴裡塞東西，慢慢地吃著餐後甜點。阿遠靠近我的桌邊時，我以為是服務生來收盤子，沒想到他竟一屁股坐在我旁邊。我第一眼先是看到他厚實臂膀上的蜷曲手毛，我以為他用那手臂環過我的腰側，用他粗短的鬍渣摩擦我的臉頰，但他只是用他那對棕色眼球看著我而已。他向服務生要了兩杯調酒，他說Mojito，口型快又清楚，我心裡仍擺脫不了那搔癢的感受。他說他在海邊烤肉，看著我換著不同的泳裝來回經過，臉上帶著幾乎是世界末日般的絕望表情。我說是啊，還好末日終於被溫暖的食物所拯救了。這時，外頭的雨已經停了，透過飯店玻璃窗，可以清楚看見遠處的一座龜形小島嶼浮在光亮的海上，於是，我好像明白了心中那股搔癢的感受因何而來。

阿遠說他在巴拉圭工作，休假時總喜歡回到家鄉的海岸衝浪。他帶我到海邊認識他的朋友，當我無法分辨談話中口型相近的字詞時，他會看著我的眼睛，緩慢地動著嘴巴，耐心為我釐清意思。當他要走向我時，在離得很遠的地方，總會刻意誇大身體動作，讓我提早察覺，不會因為無聲地靠近而受到驚嚇。他從來沒有開口問我關於耳朵的事情。整個暑假，我們都待在這間海濱俱樂部裡，游泳、衝浪、烤肉，或躺在海灘傘下看海潮與星星。

他要離開的前一晚，我們坐在海灘旁。浪潮來回帶走海灘的一切，只留下沙沙的聲響。月光碎裂在緩慢起伏的海面上。動物骨灰在骨瓷裡所發出的透亮光澤，就像那月光一樣。他捏著我的手，告訴我說，我好像是你的翻譯。翻譯就是兩種語言之間的介質，你跟別人之間的溝通只是傳遞的介質不同，其他人只是不習慣你所使用的介質，因而溝通起來磕磕碰碰的，但我願意將那些介質中磕絆的石頭一一除去，或者成為那介質，讓你和這個世界能夠產生完好的連結，因為你的美好值得和這個世界的美好相遇。我是喜歡當你的翻譯的，但是這世界上，也有很多美好其實不需要翻譯。在那無形的介質裡，沒有任何人會失去眼睛、耳朵或嘴巴。我們是用一種更貼近自己的器官去感受的，那種美好世界上沒有任何語言可以精確翻譯，你知道嗎？他將我的手捏得更緊。

他一口氣說了這麼多話，而我竟然聽見了海浪的聲音。更準確地說，是想起了海浪的聲音。我掉下了眼淚，但我不知道，感動我的是阿遠說的那一番話，還是我憶起自己曾經聽過，此刻卻消失的海的聲音。

阿遠回巴拉圭後，每當我回憶起這天的情景，總是帶有海浪的聲音。

巴拉圭是一個位在南美洲，夾在巴西、玻利維亞與阿根廷中間的內陸國家。阿遠在當地首都亞松森內的商業銀行工作。我知道巴拉圭是南美洲裡唯一與台灣建立邦交的國家，是足球強國，除此之外，我對巴拉圭一無所知，那對我來說，就像月球的背面一樣，是我不曾見過的世界。而那事實上，是地球的背面。

認識阿遠後，我才知道，在地球儀上，巴拉圭就在台灣的正後方，也就是說，如果從台灣上方順著地軸傾斜的角度插入一根針，那針尖最後會準確地從巴拉圭的國土冒出來。我告訴阿遠，我們之間有一個神祕的通道；在你我腳下的土壤之間，有條隱密的線會通過地心交會。阿遠說妳怎麼知道？我說，是太陽告訴我的。

台灣與格林威治的時間差是正八小時，巴拉圭與格林威治的時間差是負四小時，也就是說，台灣與巴拉圭的時差剛好是十二小時。所以若台灣現在是02:13:14 PM，巴拉圭則是02:13:14 AM。阿遠因為每天在銀行處理數字問題，下班後不太願意理會我的數字馬拉松，但我因為這項發現相當興奮，從此以後，天天照著氣象局公布的日沒時刻表到海邊看日落。

日出與日落帶給人的感受是相差很大的。我曾經爬到日本富士山頂看日出，當地人稱為「御來光」。在一片霧光之中，太陽在雲海中冉冉升起，散射出令人眼睛無法直視的星芒。日本人對著那光亮，舉起雙手，高喊「萬歲！」那時，我有一種受家國、自然、或某種凌駕於宇宙之上的神祕主宰注視的感受，在心裡頭忍不住隨著那萬歲的喊聲一起虔誠地膜拜著。相較於日出帶給人希望填滿胸腔的感受，日落則如同融雪、櫻花、楓葉一樣，帶給人的是消逝之感。美的頂點與下墜引力的拉鋸戰。在這些事物面前，我們無法激動地叫喊，我們失去一切語言，只能無聲地看著那樣的美好漸漸消失，像在看著一堆嗶啵作響的篝火，那火苗從一百萬年前就存在，經歷過無數次的死亡，又再次在我們眼前燃起。燃起然後消失，果核深處包藏的、祕密般的死亡訊息。我們看著惋惜卻無能為力，只能回過頭面對當下，以此作為解套。

但是，面對日出日落的感受，對我來說，情況則完全相反。在東北海岸的一處沙灘，黃昏時釣客與衝浪客都已疲倦地離岸，我一個人坐在岸邊，靜待日落的到來。太陽緩緩掉到我的眼前，將天空染成暗紫與橘紅交錯的色彩。太陽離得好近，我可以用指尖輕觸它的輪廓，將它捧在掌心或者用拳頭輕輕地握住，守護它緩緩地浸沒海底。我知道真實的太陽其實不在那裡，而是在我肉眼所見的太陽底下一顆太陽距離的地方，我所看見的只是日光透過空氣中的懸浮粒子折射與散射出的虛幻光影。當我看見太陽在海平面與我視線平行之處時，真實的太陽早已隱沒海底。我心裡知道，但我刻意忽略它。我每日來此並不是為了辨別太陽真實的位置，而是守護與陪伴。在這魔幻時刻所產生的祕密通道，會帶我抵達我心中的彼岸。當我被一片完整的黑暗包裹時，恍若回到母親的子宮，漂浮在溫暖的羊水中。我可以憶起母親與我那顆小小的心臟交錯共鳴的心跳聲、紅色血液咻咻流過血管，有空氣扇動與泡泡冒出與破裂的交響。而且我清楚知道，當海浪親吻沙灘，那是一種什麼樣的感受。一遍又一遍，最最溫柔的賦格。光亮從我身旁消失後，它會在另一個城市重新亮起。當我在黑暗中入睡時，太陽會代替我守護遠方的愛人沐浴在光亮的日常裡。

從前，為了避免解釋的麻煩，除了工作需要外，我很少與人接觸。阿遠離開後，我不再接讓人飢餓難耐的拍攝模特兒工作，只專心做試衣模特，一周上三天瑜珈課程。在瑜珈教室我積極找人對話，練習更準確地辨別他人嘴型，也交了許多朋友。

有一次阿遠告訴我，即使他不在身邊，我也可以過得很好，他這個翻譯似乎變得可有可無了。我不知道他為何突然說這樣的話，我告訴他，我本來就不是羅曼史中永遠只能被動等待男主角救援的女孩。我努力融入人群，是希望讓自己的生活視野更開闊一些。這世界充滿各種形式框架，而我想要的只是努力撼動那本質，即使讓那固著本身移動一點點都好。這是我對待自己的方式，與他對待我的並沒有衝突啊。他沉默幾分鐘後，便開始焦急地稱讚我，說我是一個多麼好的女孩，他並不忍心傷害我。那稱讚只是一堆形容詞的堆砌，聽起來沒有太多真心的成分。接下來阿遠又分析了一連串男女交往情況中假想的最壞結果，我告訴他，那些都是未知的事情，目前也看不出任何可能發生的徵兆，而且我們現在生活當中的麻煩事已經夠多了，不要再讓未知的恐懼綁架現在的情緒與思考了。阿遠掛掉了這通視訊電話。奇怪的是，我一直分辨不出來他最後一句話的嘴型說的到底是什麼。

之後的一個月，阿遠不接我電話，也不回應任何郵件訊息。他不是發生什麼意外，我知道此刻他還安穩地坐在他亞松森的辦公桌前，他只是以不回應來回應我而已。這是人類擅於施展的魔術之一，待在原地不動，卻仍舊可以去到一個失聯的所在。而我，之所以一直打電話，是因為困惑。這當中當然有悲傷、懊悔、埋怨以及其他複雜的情緒，但更多的，其實是巨大的困惑。在所有稱讚、未知的壞結局以及那無法辨別嘴型的結語底下，包裹的真正的聲音究竟是什麼，這是最讓我困惑的事。這困惑像一塊沉重的黑幕覆蓋我的生活，我滿腦子只想當面質問阿遠，到底是因為什麼原因要和我斷絕聯絡。

我請旅行社幫我安排到巴拉圭的事情。我說，怎麼樣都無所謂，只要最短時間內把我送往當地就好。兩個禮拜後我出現在西爾維奧‧佩蒂羅西國際機場，踏上一個我幾乎一無所知的城市亞松森。

長途的飛行讓我相當疲憊，抵達旅行社為我預定的飯店後，就立刻窩進潔白的棉被裡。被單有些冰涼，聞起來有漂白水的氣味，而我連鞋子都沒有脫，就這樣睡著了。半夜，我感覺周遭有些異樣而醒來，一時之間還無法在黑暗中確認那是什麼。我摸索著打開房內所有的燈光，拉開窗簾，玻璃映照的只有自己疲憊的臉龐，窗外一片漆黑。這時，我聽到了漏水聲。

非常清晰的聲音，滴、滴、滴地持續著。聽著那似乎永不疲倦的單音，我猛然想起我在台灣的房間，混亂、破碎、無秩序，被冷藏在冰箱的食物漸漸發霉，溢出難聞的氣味；還有，就是那怎麼也找不到實體的漏水聲。那聲音跟我現在所聽到的漏水聲，是一樣的。

我感覺自己的思緒異常地混亂起來。我想起那漏水聲，是在阿遠拒絕和我聯絡後才開始出現的。我這才明白，並不是我的房間漏水了，那漏水聲是在我的身體裡響起的。當我離開房間，那聲音會被外在世界的聲響所淹沒，但是當我回到一個人的時候，那聲音又會重新出現。

那節奏單調的水滴聲，聽起來就像秒針艱難跨越時間間隔的聲響，也像永遠無人回應的電話鈴聲一樣，將周圍的空氣抽離，塞滿巨大又空洞的問號。這當中，有一種直覺的出現，會讓你全身上下充滿暴露的空隙，又快速又有力的刺拳，可能從任何方向出現，意圖將你擊倒在地，而你，沒有任何防守和反擊的機會。我突然感到害怕，那漏水聲一路跟著我來到這裡，像鬼魅一般。

一種不可解的巨大困惑支撐著我，讓我急切地飛越半個地球來到這裡，想要用力抓著阿遠的衣領，搖晃他，要他看著我的眼睛，回答我的所有問題。但此刻，我虛弱地不想再直面任何疑問了。我不屬於這裡，這裡是我的世界的背面，我本不該來這裡的。天一亮，我便搭上公車，離開了市區。我想看海，但這裡是內陸國家，是沒有隨月光牽引的海潮的。於是，我去了巴拉納河與伊瓜蘇河的交界處。這裡是巴西、巴拉圭與阿根廷的國界交會處，三國各自在自己的領土上豎立盟約之碑，稱為「三國界碑」。我看著那三座石碑，突然想起一件事，我們在海濱俱樂部的那些日子裡，阿遠時常留我一個在海邊沙灘。當他短暫離開後回來，身上總是有菸味，我不喜歡那菸味，但我什麼都沒說。我來到了這裡，沒見到阿遠，卻想起這些瑣事，我不明白為什麼，我想我一定是看漏了某些重要的細節，或者，是我刻意忽略的細節。

漏水聲一路跟著我來到了這裡，我現在也聽得見。水滴持續落下，在堅硬的地面開出裙帶的水花，隨著時間的積累，它會蓄積或侵蝕，最終形成或者毀壞什麼。所以，這真的是一種幻聽嗎？漏水聲在我的身體裡響起。人的身體組成約有百分之七十是水分，一種純粹的、生命最基本的元素，所以在體內的海洋裡，有什麼地方不小心裂了縫，因而滲出水來，或許也是很自然的事。

阿遠最後透過視訊鏡頭說出的那句話，我想我一直都是知道意思的，讓我感到困惑難解的其實是那轉化的形式，像那漏水聲一樣，真實存在卻難以辨明實體。許多時候，我們在話語說出口之前，總是習慣性地裹上一層糖衣，好像這樣，就能一再延遲苦澀與傷害的到來。而事實上，那只會帶來阻礙和困惑而已。目的地是實有的，但我們一直在兜圈子、繞遠路，讓迷路的危機潛伏各處。

看著眼前的河流兀自流動著，三個國家的交界處，我想，這樣的關係，想必是太過擁擠了。

此刻，天色已漸漸暗了下來。巴拉圭的夕陽，沒有溫暖的粉紅、橘黃，而是沉甸甸的暗紫壓滿整座天空。看起來，就像天空的瘀傷一樣。小時候，媽媽總叮嚀我瘀傷不可以搓揉或者熱敷，因為那是皮膚裡頭的微血管破裂，搓揉與熱敷只會讓傷口發炎更加嚴重。面對瘀傷，要冰敷。用冰塊覆蓋傷口，刺痛感會慢慢地滲入肌膚，讓裡頭的瘀血冷卻下來，漸漸地，傷口就不會痛了。

看著那夕陽，我想著，其他人若來到地球的背面會做些什麼呢？我對這個城市的無知與缺乏想像力的程度，與還未認識阿遠之前其實差別不大。或許我可以去當地有許多華人移民的東方市；或許我可以飛去其他的鄰近國家，巴西、智利或墨西哥；又或者，我可以直接飛回台灣。

我的行李箱還躺在河岸的邊坡上，下飛機後，它都未曾被打開。我想，我可以飛去任何一個國家。那麼，我的旅程就尚未開始，也就還未結束。

好天

在市場長大的囝仔有一種會笑會叫的本領，我很小就知道了。嬰兒時期的我，幾乎不哭不鬧。在嬰兒床上，看著大人的手不停地搓揉麵團、烘焙、包裝，忙起來可能三天沒時間幫我洗澡，我也能在一旁安靜地吃喝睡眠。及至兩三歲，我會坐在成堆的倆相好、麻花捲、鹹光餅、紅龜粿旁對著客人笑，笑時像在說著無聲的「一」，眼睛瞇成兩條線，用小孩特有的柔嫩嗓音學著爸媽叫喊「來看覓喔」。爸媽喜歡我笑，客人也是，尤其是歐巴桑，總愛在我臉上又搓又揉，好像我也是那麵團，在鹹甜油膩夾雜體味的店舖裡漸漸發酵成長。

若歐巴桑們有閒，總愛牽著我逛市場。不論到哪個攤位，我總一個勁地叫喚：阿姨、阿伯、阿婆、阿公。大人好喜歡小孩喊他，越大聲越好，每喊一聲那疲憊的臉龐就會像阿金姨攤上的百合花一樣又大又鮮活。露出的牙齒，有的長年被咖啡、檳榔染成黃褐色，有的缺牙或補上銀灰色的牙齒，但不論是誰，那被叫喚後所笑出的花朵都同樣真摯動人，就像我媽在每一顆平西餅虔誠蓋上的「陳記」紅字，各個光亮美好。

逛一圈市場回來，我就吃飽了，有時還會換上全身的新行頭，我感覺自己是整個市場的孩子。每個頭家看見我總要拿店裡的東西給我吃，常常嘴裡含著金柑仔糖、左手拿綠豆糕、右手拿大豬公肉，手腕上還掛著一小包飛機餅乾。這個時候，我總會想起住在鄉下的外婆，每次進外婆家，最先看到的就是外婆的背影，碎花衫下背脊彎曲成微笑的弧線，翻找著冰箱裡有什麼東西可以給我吃。

到我五歲時，一台新式烤爐取代了嬰兒床的位置。店裡塞滿烤爐、油炸機、成列的瓦斯桶與貨架，只剩一條僅容旋身的窄道。相較於店鋪的擁擠，整個市場對我來說就像遊樂園一般敞亮，我時常往外跑，去看春美姨剝箭筍，看阿菊姨切生魚片，或到阿松伯那裡免費坐一個下午的兒童小火車。小火車放在發財車上，繞著狹窄的軌道繞圈子，我很喜歡坐在上頭觀看過往的人群，總是坐到頭暈才回家。

市場裡充滿各種氣味，回鍋油、麵粉、魚肚、雞屎、木材發霉的味道，洋蔥、爛蘋果、眼淚、洗衣粉、廢水、鞋油與汗酸味，各種味道混雜在空氣中彷彿在燉一鍋無形的精力湯，填滿市場每一個角落。我可以閉起眼睛用鼻子走路，氣味會告訴我現在在哪裡。逛遍每一個攤位，各種蔬果海鮮肉類的名稱，現在什麼新鮮得時，什麼便宜大賣，或是哪一間炒米粉最好吃，我都可以告訴你。

我反覆在每個攤位間遊戲，睜著鮮魚般清亮的眼睛，摸這摸那又問東問西，「為什麼要給魚打針？為什麼要在蘋果的洞上貼貼紙？為什麼要拿碗在這裡罰站？」我有太多問題，常換來「囝仔人有耳無嘴」的回答，原來嘴巴也是用來聽的，我不知道自己該用什麼器官說話。

雨沿著傘棚落下，隔壁阿金姨懷裡搖著六個月大的金孫，那搖動的天空看起來是什麼樣子，我不知道，爸媽已經很久沒抱我了。爸爸翹起二郎腿抽菸，對面阿源叔在砧板上玩鋪克牌接龍，白蟻飛進傘棚裡，我指給媽媽看，媽媽嘖了一聲，用粿模木板打落了我的手。我知道下雨天意味著什麼，但心還是像在跑步時跌破了膝蓋一樣，我知道自己該出去逛市場了。

每逢過節訂單增多，爸媽總要熬夜做糕點，後來媽媽懷孕，更無暇照顧我，她對我說：「爸媽現在沒辦法再看著妳了，妳去外婆家要乖。」

夾在山脈與海洋中間的狹小平原，外婆住在一個時常下雨的鄉村。磚紅房屋搭配深藍色的菱形窗花，那顏色就像太陽將落未落，遠處太陽漸漸浸身入海，黑暗慢慢靠近，但還未完全到來，讓人分不清是日出還是日落的朦朧時刻，對我來說這間屋子能一直停留在這個時刻，簡直就像是魔術一樣。

「阿嬤！」我對著蹲在花生田裡的外婆喊，外婆看見我，笑容牽動滿臉皺紋，揮揮手要我趕快回家吃電鍋裡的蒸玉米。

隔幾天，大阿姨也將她的女兒帶來了。阿姨帶著墓碑般的表情出現，面容灰白僵硬，許多話語只是躺在裡面。表妹也是一樣的表情。晚上我和表妹一起洗澡時，就讀懂那表情背後的話語了，表妹身上爬滿深淺不一的瘀傷，新生與枯萎的牽牛花放肆在她身上牽藤，表妹邊洗邊哭，那疼痛和著流動的水意欲將她撕裂，我彷彿看見一隻斑馬站在雨中哭泣。

鄉村後山有座水滴型的湧泉，泉水靛藍，就像一滴藍色的眼淚。當地原住民稱這座泉「拉索埃」，在阿美族語裡是「水質潔淨甘甜」的意思，他們認為拉索埃是由神鳥「兜羅」的眼淚匯聚而成。我覺得表妹實在是太愛哭了，所以總是「兜羅」「兜羅」的叫她。環頸雉就是神鳥「兜羅」的化身，我指著一隻站定在玉米田裡的環頸雉給表妹看，我說，那就是兜羅。表妹不看兜羅，反而盯著我看，掀動嘴唇但沒有發出聲音。她時常這個樣子，有時只是發出飛蚊般的細聲，重聽的外婆當然聽不到，這時就必須由我代為翻譯。「是誰打妳？為什麼要打妳？妳做錯什麼事了嗎？」表妹又將話語關了起來，我不知道她有沒有聽到，我想我是一次問太多問題了。

每天外婆下田工作，兜羅和我便四處玩耍。下過雨後，遠山顯得乾淨透亮，樹木一棵一棵立在山頭，我們比賽誰能看見最多棵樹，兩人張大眼睛，嚴肅地數著，數到後來眼花就胡亂添數，這遊戲總是以大笑指責對方亂數收尾，事實上誰都不在意結果，隔天下過雨後，山樹又會站出來和我們玩同樣的遊戲。

我喜歡下雨天，看見蚯蚓鑽出地面，就抓去餵雞，看雞兒們像追捧花般爭食。一次又一次跳進水窪裡，看水中倒映凌空的自己，濺起水的裙帶，打溼的頭髮飛起又落下。光腳踩進田中爛泥，濕滑的泥巴不斷穿過腳趾縫，那種搔癢的快感，讓我忍不住又笑又叫，笑得喘不過氣，幾乎要趴伏在田裡。回家後，用冰涼的地下水沖掉腳上爛泥，裹著浴巾坐在廊簷藤椅上等著外婆將地瓜蒸熟，看著雨從屋簷洩下的流動紗幕，遠山只剩下模糊的輪廓。雨滴落在地上，像有一點急事的人正在趕路，那聲音對著眼皮輕輕搖扇，在將眠未眠的睏倦時刻，我有些思念父母以及那還未出世的嬰兒，但那思念一冒出頭，就被我急急地壓下去了。

「妳媽媽怎麼會把妳送來外婆這裡？」在朦朧的睏倦時刻，我問兜羅。

「我媽說她沒辦法再看著我了。」兜羅說。

「我也是，我媽說她太忙了，沒辦法看著我。」

「那不一樣。」

「哪裡不一樣？欸，你是不是也想睡覺了？」

兜羅說她不睏，她和我說了一個故事。從前從前，有三隻猴子住在一個奇怪的森林裡，森林裡只有一棵香蕉樹，每當猴子爬上樹頂摘香蕉，天空就會下起雨來，雨是鹹的，直直地打進猴子的眼睛裡，讓牠們的眼睛痛地留下一樣鹹的眼淚。猴爸爸餓極了，要猴寶寶爬上樹去摘香蕉，猴寶寶聽話地摘下香蕉，天空就下起雨來，猴家族都用雙手遮住眼睛，痛地直跳腳。從此，每當猴寶寶要爬樹摘香蕉時，猴媽媽怕天空又下起鹹雨，就會狠狠地揍牠。但是，為了活下去，牠們究竟該怎麼辦呢？最後的結局是什麼？我不知道，在雨聲的搖籃中我已沉沉地睡著了。

我第一次看見兜羅只覺得她皮膚白的像綠豆椪的豆沙餡，如果沒有那些疤痕，她真的就像陶瓷娃娃一樣完美，而我成天在市場跑來跑去，皮膚蠟黃像油炸後的倆相好一樣。兜羅不愛刷牙，說牙刷塞進嘴裡，讓她無法呼吸，外婆罵了幾回，兜羅還是不肯刷牙，總是喊牙疼，外婆只好讓她每天用鹽水漱口。兜羅也不愛喝綠豆湯，說那感覺像喝沙子，沙子停留在嘴巴跟喉嚨，久久不散的異物感使她感到噁心。我不知道兜羅到底喜歡什麼，因為即使一起抓蚯蚓、跳水漥、踩爛泥巴，兜羅都不曾像我那樣興奮地尖叫大笑。睡覺前兜羅總是問外婆媽媽何時來接她回家，外婆總是叫她快睡，說明天若是「好天無落雨」，媽媽就會來接她了，但通常兜羅隔天醒來，總是失望地發現整個鄉村還是泡在雨裡，她的心情就會像穿著濕溽的鞋子一樣，整天都無法擺脫那樣潮濕的感受。

雨後，田埂爬滿大蝸牛，蝸牛緩慢爬行在自己的時間裡，被抓起時，也不掙扎，就這樣靜靜地縮進自己的殼裡。我和兜羅不需要沿路撿拾，只需要在田埂旁放上一大片姑婆芋葉，玩耍回家的路上，再去掀開芋葉，我們就能提著滿滿一桶蝸牛回家。我們蹲在一旁看外婆用大石頭敲碎蝸牛殼，再將殼和內臟剝除丟棄，每當石頭重重擊碎蝸牛，蝸牛身上透明的黏液就會噴濺在外婆身上，一桶蝸牛都去完殼後，外婆整身整臉都是那透明黏液，黏液在外婆臉上留下透白發光的涎線，我覺得那好像清晨睡醒時臉上殘留的口水痕，指著外婆哈哈大笑，而兜羅卻僵在一旁，抱住膝蓋輕輕收攏自己，像蝸牛縮進殼裡。望著外婆臉上的透明黏液，和碎裂一地的蝸牛殼，兜羅彷彿一時間還不明白發生什麼事，連驚駭都是遲緩又漫長的，最後兜羅哭了出來，她的表情好像正在忍受什麼，又好像在放棄，靈魂不在她的眼睛裡。我嚇了一跳，以為她生病了，但外婆只是一邊低頭用芭樂葉搓洗手中黏液，一邊說：「憨孫甭哭，明仔日可能就是好天啊。」

晚飯後外婆去洗碗，那盤炒蝸牛兜羅一口都沒吃。

「妳是不是很想回家？」我問兜羅。

「不知道。」兜羅說。

「爸爸媽媽他們工作很辛苦，是太忙才沒辦法帶我們回家，而且這裡雖然一直下雨，但很好玩耶。」我不知道自己在說給誰聽。

「你有沒有想過現在的爸爸媽媽其實是假的？」兜羅說。

「假的？」

「我們只是被領養，真的爸爸媽媽在別的地方，有一天他們會來接我們回真的家。」

「我沒想過。」我心想兜羅真是個奇怪的人。

洗過澡後，我和兜羅躺在床上聽外婆說神鳥兜羅的故事，相傳兜羅是天庭派來巡邏鄉村的守護鳥，不幸被獵人的弓箭打落，被鄉村居民所救。多年後鄉村發生旱災，村民也相繼生了怪病，兜羅感念村人救命之恩，飛返村落，掉下的眼淚，形成了拉索埃湧泉，使村民們不再受大旱之苦，且村民們飲用湧泉之水後竟不藥而癒。為了繼續守護鄉村，兜羅化身為環頸雉，並在自己的頸項戴上白色的絲巾，以作為與村民相認的信號。

拉索埃湧泉隱蔽在竹林裡，周圍開滿了石龍尾花。石龍尾花約小指頭大小，鵝黃色花萼托起五片粉紅帶紫的花瓣，綠葉呈羽毛絲狀，像棵迷你聖誕樹舒展身軀，上頭掛滿紫紅色鈴鐺。每次和兜羅去游泳時，我都不忍心看那石龍尾花，那花朵像開在一片針林上，鵝黃肉身被針扎出紫紅的瘀血，又像掉在一張無法逃脫的網裡，花朵開著有種懨懨的美，讓看著的人眼睛發疼。

眼淚裡有解藥嗎？如果眼淚掉出來，哭成湧泉，再喝下去就成了解藥，那兜羅大概不會生病了吧，我在心裡想著。

那天晚上我做了一個夢，在夜晚，我和兜羅一起跳進拉索埃游泳。

「我看不見。」兜羅驚慌大喊。

「你憨呆喔，現在是晚上啊。」我覺得兜羅很搞笑。

「我不能呼吸。」

「怎麼可能，妳現在只是飄在水上。」

我感覺泉水不斷湧上來，以為下雨了，轉頭才發現是兜羅在哭。

「妳不要再哭了，水越來越深了。」我對著兜羅大吼，但兜羅的眼淚就像湧泉不斷湧出。沉浮中，帶著白色絲巾的神鳥兜羅飛來將她啣往天空，兜羅還在哭，眼淚落下來像在下雨，我感覺腳底下的深淵越來越深，自己快被泉水拖下去，而泉水漸漸變得溫熱。

我驚醒時發現，原來是睡在旁邊的兜羅尿床了，那尿液連帶沾濕了我的衣褲。

隔天，我不肯睡在兜羅旁邊，外婆只好睡在我們中間。深夜，睡在窗邊的我，聽到外頭有些聲響而醒來，睜眼看見月光穿過菱形的窗花照進房內，窗花讓月光變得破碎，斜長的菱形黑影像張網子，網在正熟睡的兜羅身上。

我聽到有腳步聲靠近，有一人形黑影漸漸擴大，覆蓋窗花，遮住碎裂的月光。我以為是大人口中的「魔神仔」要來抓交替，正要搖醒外婆。突然，一隻手從窗花縫隙伸了進來，手心向上，做招引手勢，「出來！出來！」一個男人鴨嗓般低吼著。

「出來！出來！」的聲音在寂靜的夜裡迴盪著，我無法關上自己的耳朵，那聲音如此霸道，沒有任何事物可以阻擋它。那男人的手彷彿可以進去任何地方，拿他要拿的任何東西。我感覺此時只能隨著那隻手的招引出去，不能有任何的質疑或談判，因為挑戰那隻手就像挑戰一把刀子。

我推動毛玻璃窗，試圖阻擋那隻手，突然，那男人縮手，從窗花前消失。我這才伸手扯動外婆的肩膀，突然想起外婆總說鄉下治安很好，家裡也沒東西可偷，所以不用鎖門。來不及了，外頭木門發出開啟的哀鳴聲，腳步聲漸漸接近，那男人一進門便伸手拉兜羅的腳，兜羅嚇得一邊尖叫一邊踢動雙腿。外婆以為孫女又尿床了，張眼看見那男人便嚇得大喊：「有賊仔喔！」村里的狗開始群聲吠叫起來，男人這才鬆手，轉身跑走了。

我知道那男人是兜羅的爸爸，小時候只要他來我家，我的書包一定有被翻過的痕跡。有陣子他睡在我家客廳，爸爸看見他把我抱在膝頭上，反倒把我打了一頓，說我不可以這樣子。

隔天清晨，外婆下田工作，兜羅的父親又出現了。他身上的棉衣棉褲沾滿油漆污漬，渾身酒味。一進門他就伸手拉兜羅進房間，「昨天叫妳出來怎麼不出來？」我看到有唾沫從他的嘴巴飛濺出來，紅褐色斑痕的牙齒間有幾顆銀色的牙齒。兜羅渾身僵硬，但卻沒有如昨天那樣劇烈掙扎，她沒有看我，就這樣隨著她父親拉著進房門。房門砰的一聲被甩上，我聽到上鎖的聲音，感覺自己也像被甩了一巴掌。我跑到屋外窗邊，昨天那隻手就是從這裡伸到屋內的。我看見兜羅被壓在床上，臉上的表情就跟我夢裡一模一樣。她正被拖引至水底，掙扎著無法呼吸。我不知道該怎麼辦，只好趕緊跑到田裡找外婆。

當外婆和我回到家後，那個男人已經消失了。我轉頭看兜羅，兜羅抱住膝蓋，蜷曲身體側躺在床，不敢把腳伸直，像一隻漂浮在海上的小蝦米，如此脆弱又赤裸；又像一顆逗點，話語哽在半路，不知何時才能重啟下句。我突然發現自己記不清很多更小時候的事，但卻清楚記得當時的困惑，這困惑一再地誘引我回頭尋找答案。只是我也漸漸發現，有些問題我不能問；有些問題我不敢問；而有些問題我還沒問，在心裡就已經有了答案的輪廓了。更多時候，真正的答案隨著童年的消逝早已失落在時間裡。我突然有股衝動，想跑到拉索埃旁，舉起手一口氣問一百個問題，隨即又沮喪地覺得，神鳥兜羅沒辦法回答我的問題，兜羅只會掉淚，讓鄉村泡在雨裡，讓淚水哭成一座靛藍的湧泉，全世界兜羅的眼淚匯聚成一片巨大的海洋，有天，會轉頭淹沒這個世界，而遺忘與埋葬就成了唯一的解藥了。

我轉頭望向被窗花切割的天空，月亮像酒醉般歪向一旁，那菱形窗花映照的黑網仍網在兜羅身上，我在心底暗暗祈禱，希望明天就是外婆所說的「好天」了。

刺青

莉莉即將滿周歲了。這些日子以來，我們的氣息纏繞在一起。她的頭頂有焦糖的味道，脖子窩有母乳與口水的氣息，當我把臉埋進她的圓肚，那肚臍眼會飄出帶有一點血腥的，臍帶尚未脫落的氣味。更多的時候則是尿騷與屎臭。她日夜趴伏在我身上，找尋乳水。當她閉起眼睛，吸吮我瘀青破皮的乳頭，總是讓我想起在左胸口刺青時的疼痛。

那時我的腳軟綿綿的，彷彿飄在街道裡，一隻老虎進入我的目光。那是一張刺青小店的宣傳照片，一隻老虎的正面刺青圖，邊緣針扎的紅腫還未消退，老虎緊閉嘴巴，臉上的黑色條紋靜止不動，但那黃色的虹膜卻緊緊咬住我，彷彿牠的頭顱已鎖定我，看不見的四肢正擺動著，踏著堅定的步容朝我而來。讓人感覺那隻老虎不是針刺上去的，而是從皮膚裡走出來的。

我本該逃跑的，當我聽見門鈴撞擊玻璃門的金屬音，才發現自己已推門進入店裡。我聽見自己對那個雙臂布滿彩色刺青的女子說：「我要刺青。」但同時有另一個聲音對我說：「是你自己甘願被咬住的。」那女子右手臂上的刺青與店門口照片裡的那隻老虎一樣，不同的是這隻老虎的雙耳卻長著奇異的蝴蝶翅膀，好像只要一扇動耳朵，老虎就能翩翩飛起。

窄仄的店裡，除了牆壁上貼滿的刺青照片外，只有一個玻璃櫥櫃與兩張椅子。我坐上沒有人的那張椅子，有些慌張，因為我心裡頭只有概念而沒有圖象。我搶在刺青師開口前說：「我要刺在左胸口，鎖骨下來一點的地方，大概一個拳頭的大小。」然後我說出了一個名字。不夠具體，充其量只是一個抽象的符號概念。我說：「妳有沒有類似的圖案給我參考。」

「不。」這是刺青師開口對我說的第一個字。「我不賣罐頭刺青，也沒有菜單給你選，妳得先給我一個故事，就是妳為什麼要刺上這個圖案。」

「故事？」

「對，一個故事。真實的或虛構的都好。一個說法、理由，或一個藉口，不管妳稱呼那為什麼，總之妳得先說給我聽。」

「我沒有故事好說。我來就只是為了要刺青。」

「那很抱歉，請妳找其他刺青師。我的原則很簡單，不刺數字與人名，還有，要給我故事，我才會動筆。刺青不是妳要什麼圖案，或者我以為妳要什麼，我就幫妳刺。我們必須用話語建構圖象，讓那畫面立體起來，否則那刺青沒有生命，就沒辦法從妳的皮膚裡長出來。」她把眼神轉向我進來的那扇門，開始漫不經心的撥弄她右手中指上的厚繭。

我對自己說，這是命運給我的機會牌，那就走吧。可我卻聽見自己的聲音說：「我在等一個人。」該死，一個星期以來不眠不休的守靈，我的嘴巴乃至於我身體的器官彷彿都不是我的。上帝用七天創造世界，也可以用七日毀滅，我覺得我已經漸漸無法掌控我自己了。

「很好。」刺青師輕輕點頭。「什麼樣的人？」

「一個已經死去的人。」

「非常好，很具體。」刺青師看來很滿意，冷淡的面皮牽起了半邊笑意。

「她走的時候沒有留下遺書，離開前一天打電話給我弟弟，說下次去看她時記得帶百合花去。她沒有打給我，我不知道那百合花代表什麼意思，生前也從沒聽她提起跟百合有關的事。」

「你覺得透過刺青能間接把她召喚回來嗎？」

「我不知道。」

刺青師打開一本厚重的畫冊，裡頭全是素描圖案，她給我看了幾張類似的圖案，又在白紙上重新畫了一張。

「這就是我想要的。」我說。

當我靠在躺椅上，感覺自己像躺在手術台上。門口那隻老虎又走進了我的目光，我知道，我是自己打開犬齒做成的門，走了進去，甘願被撕咬成碎片，再看看最後會被消化成什麼模樣。

刺青師手握刺青槍，好像有人在我耳邊開啟收音機，卻怎麼也找不到正確的電台位址，雜訊聲尖銳的刺入，我感覺胸口有鮮血汩汩流出。好像有人不斷用指甲尖端捏我胸口的肉，痛感不斷累加，最後像釘書針釘入皮膚般在我體內爆裂開來。

我忍不住尖叫一聲，用力推開刺青師的手。低頭卻發現莉莉正在我懷裡，張著迷惑的眼看著我，嘴角沾著口水與乳汁。每次親餵，莉莉的嘴就像刺青針嘴一樣扎入我的皮膚，當我漂浮在夢境一般的回憶裡時，那痛感就會一次次把我拉回地面。

「莉莉啊，對不起，媽咪剛剛只是有點痛。」莉莉看著我，發出有點呆萌的呵笑聲，她在說沒關係，她不介意，又繼續將臉埋進我的胸脯。

當莉莉喝奶時，總是習慣一隻手握拳，另一隻手搭在我的胸上。她的小手就放在我左胸的刺青上，彷彿從我的皮膚裡開出的一朵百合，莉莉用小手握住。我用食指輕輕鑽入她握緊的拳頭，她鬆開手掌，再將我的食指緊緊握住。她還不知道，這是一種魔術，一種祖孫三代的召喚術。曾經我也像莉莉一樣，咬住自己母親的乳房。

從小不論是誰抱我，我一定會像魚一樣開合嘴巴，在人身上找尋乳頭，可當找到媽媽的乳頭時，卻是猴急地一口咬住，這讓她不願意再親餵母乳。我也是一個愛哭的孩子，哭過頭讓我患上一種叫「憤怒痙攣」的症狀，就是嬰孩劇烈哭鬧時，只吐氣、不吸氣而導致體內缺氧。我總是哭到嘴唇轉成紫黑色，大人要賣力安撫，我才會慢慢停歇，緩和呼吸。

這症狀讓我一連換了六個褓姆，直到沒有人願意再接收這樣嚇人的孩子，我被送到外婆家去。

到外婆家後，我還是日夜哭啼。據外婆說，她不管做什麼事都必須抱著我，煮菜時用嬰兒腰帶把我綁在胸前；曬衣服時，也必須一隻手把我夾在腰側哄著。直到要上幼稚園，我必須回家了。外婆說我抓著汽車後座門把，怎麼樣也不肯下車，一直哭到暈睡過去，才把我抱進屋裡。當我在一個全然陌生的環境醒來，有爸爸媽媽，還有一個他們說是我弟弟的小男孩，我感覺自己是一再地被拋棄了。

我在街坊間可是哭出了名，那種尖叫帶吼的哭聲時常招來鄰居的抗議，甚至有人打電話到派出所報案。媽媽無計可施，哄不來只好帶我到附近的公園，在那裡可以放任我哭，不必擔心吵到鄰居。

我只記得公園裡頭有國父銅像、慈母雕像與一架飛機，除此之外，就是繁密的樹木圍繞四周，很少有人會進來。國父銅像立在高高的大理石平台上，必須爬階梯才可上去。慈母雕像則是立在水池裡，她低頭注視著懷裡抱著的嬰孩，水池底佈滿青苔、樹枝、落葉，沒有魚。但這兩個地方我都不會去，媽媽只會把我帶到飛機那裡。那架灰色飛機被焊死在地面上，駕駛艙則被水泥填滿，機身佈滿鏽蝕與各種噴漆塗鴉，隱約可見數字〇二三三與白日藍底的國徽。媽媽會把我抱到機翼上，我就坐在那上頭哭泣，看著國父一手插口袋端立在高處；慈母低頭注視懷裡的嬰孩。我的心裡頭，從來沒有一刻懷疑腳底下的飛機再也無法起飛，直到後來水池被填平；樹木被挖走；飛機也被拆成一片片廢鐵回收。那座都市公園就此消失，空曠平地上只留下國父一人依舊端立原地。

那座公園在我心上也一併被夷平，直到莉莉出世時的啼哭，才在我心裡又蓋起一座公園，我與莉莉一起放聲大哭，醫護人員以為我是喜極而泣。但我只是心疼。

「莉莉啊，當妳在漆黑的肚腹裡哭泣，淚水會融進羊水裡。但妳來到的這個人世，是藏不住眼淚的。」

而那個小男孩幾乎是不哭泣的。睡覺時媽媽會替他搓熱肚子直到他睡去；隔天起床，媽媽會替他的小腳穿上襪子，再輕聲喚醒他；吃飯時，媽媽會將菜梗挑掉，把排骨上的肉咬成小塊，堆到他的碗裡，再一口一口餵他吃下。

我們長大後，爸媽也離婚了。我只有過年會去看父親。有一年人在外地工作，沒有去看他。隔年再去看他時，他給了我兩個紅包，一個紅包袋平整沒有折痕；一個紙袋發皺，彷彿在手裡捏了很久。他說去年他給弟弟一樣的紅包，我沒來，所以一直收在冬衣的口袋裡。我把兩個紅包捏在手裡，幾乎像逃難般離開父親家，走到大街上才哭了出來。時常不在家的父親沒有忘記，但媽媽在給弟弟剔掉骨頭與菜梗時，總是忘了我的碗也是空的。

直到她的死，一樣也是忘了我。

弟弟接到電話的隔天，的確帶了百合花回家，卻怎麼樣也找不到媽媽。家裡收拾的乾乾淨淨，所有電器的插頭都被拔掉，冰箱沒有任何食物，衣櫃裡媽媽珍愛的大衣、洋裝都不見了，甚至，垃圾桶裡也沒有任何東西。家具上沒有一絲灰塵，地板還殘有擦拭過的潮氣，讓人感覺，這屋子的主人，只是臨時想起晚餐缺少的食材，匆匆出外購買，馬上就要回來了。

但是她卻沒有回來，我們報警，一連找了四天依舊沒有任何消息。詢問附近鄰居，都說這段期間曾收到媽媽的禮物，不論是小型家電、衣服、食物、各種即期品。在她生活了近四十年的這條街上，沒有遺漏任何一位鄰居，她逐一拜訪、問候，送上禮物與關懷。但是都沒有人知道她去了哪裡，弟弟這才說起媽媽在電話中一併交代金飾與存款要留給他，我責怪他的大意，才突然發現，家中電器的插頭都被拔掉，但唯獨有一樣沒有。

廚房角落有一台上掀式冰櫃，平常沒在使用，上頭擺滿各種雜物，可如今卻是空無一物。那台冰櫃的插頭竟然穩穩地插在插座上。我心上的石頭重重砸了下來，希望自己永遠不要找到她。

掀開冰櫃，冰冷的潮氣漫出。她抱住膝蓋，蜷起身體坐臥在一公尺見方的空間裡，懷裡抱著的手提包，有她的證件、存摺、印章，一張弟弟當兵時的大頭照，還有一張物品清單。

廚房餐桌上，百合花還插在水瓶裡。

弟弟將她抱了出來，裹上厚棉被，我伸手貼在她的臉頰上，她閉起雙眼，彷彿沒有一絲掙扎地睡著，冰針般的刺痛一直鑽進我的手掌裡。

夜晚，我獨自一人爬進冰櫃，卻不敢將蓋子闔上，據說那沉重的蓋子一蓋上，從內側是無法推開的。我縮在裡頭，想像母親一五五公分的身軀縮在這樣小的空間裡，逼人的黑暗壓迫著。她抱緊膝蓋的模樣，就像胎兒縮回母親漆黑的子宮，以這樣的姿勢出世，也以這樣的姿勢離開。她在想些什麼？她是用這種方式選擇她的死，將物品分贈他人，剩下的就逐一列表，寫明物品放置的位置、使用方式，以及要留給誰。我不知道一個人懷抱著怎樣的絕望，才能自己走入零下五度的冰櫃裡，她甚至忘記了她還有一個女兒。她是將人世這暫時的居所好好打理了一番，不留下任何髒污地離開了，而我不管看幾遍那物品清單，就是找不到我的名字，我大概就是那顆她遺忘的、獨留下來的壞種子。

我為她擦洗身體，壽衣無法穿上，只能披在身上。我偷偷將眼淚滴在她身上，他們說這樣她就走不開了，我希望她回來，說她忘了說的話。

我一直在等。據說頭七那天，亡靈會回到家裡，見親屬最後一面，說未竟的話語。在我左胸口的刺青已開始結痂乾癢，但直到法會結束，棺木被送入火葬場，簾幕都不曾被風吹動，遠處狗啼也未曾響起。

父親開車載我離開火葬場，似乎感覺鬆了一口氣，開始欣賞起眼前微雨洗淨的樹林。我感到憤怒。我無法忍受母親的軀體被烈火燒烤，她的頭髮將化成灰燼，眼球消失在眼眶裡，頭骨被火鉗敲碎，下次當我再見到她時，只會剩下一堆碎骨。

這時，我才明白自己是如此眷戀母親的子宮，剪斷臍帶的那一刻，分離焦慮即已開始，所以嬰兒哭啼。我多想鑽回那最初的暗房，希望自己永遠不要曝光。

背向駛離火葬場的山區，天色已完全暗了下來，新月像一道破裂的傷口懸在那裡。快速吞下的酒精讓我的心臟好像要從嘴裡跳出來，胸前的刺青不斷增溫發燙，我感覺體內升起了一團篝火，讓我此刻只想像那百合一樣，在海邊崖坡上野合。

剪破保險套，如同最初被剪斷的臍帶。當雄蕊碰觸雌蕊，一隻公鹿奔馳，囊腺中分泌物的氣味，就像那百合一樣。

記憶的幻燈片不知被誰剪去，又重新洗牌，拼接起來總是混亂又生硬。記不清如何離開父親的副駕駛座，也看不清眼前壓在我身上的男人面孔。疼痛一再地撕裂我的身體，在這樣的疼痛中，我緊緊抓住一個念頭。媽媽，我不甘心，我要把妳生回來。我胸前的百合刺青，開始生出色彩。

莉莉滿周歲的時候，我又回去找刺青師。她像上次一樣要求我說一個故事。

告別式那天，有一位頭髮銀白，臉上佈滿老人斑的男子前來。我認得他，媽媽年輕時參加救國團登山隊，他是帶隊的團長。媽媽結婚後，不再參加登山團，他時常到我們家來拜訪。媽媽從小在受日本教育的外公教導下，能說一口流利的日語，她的銀行密碼全是用日文書寫在小冊子裡。每次團長來我家，他們兩人總是用日文對話，像某種共通的密語。我在一旁暗暗生氣，不明白為什麼他們總要說我不懂的話語，好像把我隔絕在電視牆外，看一場沒有字幕的外國片，無論如何都無法參與其中。

老人到了靈堂前，走路顫巍巍地。我和他說，腳不方便，拈香就好。他卻堅持跪拜，一連三次，讓人好不容易緩下的眼淚，又酸澀浮湧上來。

他和我說，媽媽生前留了一樣東西給我，是一個充氣頸枕。他說我時常出差，在火車上睡不安穩，媽媽便留了一個頸枕給我，裡頭的氣是媽媽吹進去的。我不明白她為什麼要留下這樣的東西給我，她可是將所有有價的東西都留給了弟弟，生前一句交代的話語都沒對我說。

我一直將頸枕收著，沒去理它，直到莉莉的預產期快到的時候，我才發現那頸枕凹陷乾癟，裡頭的氣體已所剩不多。那氣體，或許是媽媽在人世間最後的生命了。我一直任由它消散在空氣中，不去看它。但是會不會媽媽想對我說的話，其實都包藏在裡頭了。

「我不知道靈魂轉世是否能這麼快速，因為想必這過程有許多繁瑣的事要處理吧。但是莉莉開始會說一些單字時，我問她為何來當我的孩子，她指著我說『哭』。我心裡面一直覺得那就是媽媽轉世的靈魂。」我說。

「妳的意思是她看到妳在哭嗎？」刺青師問。

「大概是吧。我以為我媽媽選擇生下我，我選擇生下莉莉，被生的人沒有選擇的權利，可莉莉這麼一說，我反而不知道選擇權在誰手上了。」

「所以這次你才想來將刺青塗上顏色嗎？」

「對。我想讓這朵百合像擁有新的生命一樣。」

刺青師在刺青槍中注入染劑，再打入我的真皮層裡。這次針刺的疼痛感非常劇烈，每當針嘴咬入我的皮膚，痛感觸電般沿著神經直入我的體內，好像牙醫拿器械鑽入蛀黑的牙齒，酸蝕的感覺讓人幾乎要從椅子上彈跳起來。我必須咬緊牙關，花費很大的力氣壓住身體的震顫，好幾次我都想要放棄，讓那朵百合像幅未完的畫作般停頓在那裡。

刺青師不發一語，繼續為百合上色。三個小時後，終於著色完成。平伸開放的花朵染上紫紅的色彩，刺青師又補上一株綠色的含苞蓓蕾。

「心中沒有故事的人是沒辦法忍受刺青的疼痛的。」刺青師一邊為我消毒傷口一邊說著。「故事和刺青所具有的魔幻效果是很類似的。不單單只是在皮膚上作畫而已，很多時候，不刺到最後一針，我也不知道完整的圖案會是什麼。」

繃緊的肌肉此刻終於可以放鬆，我感覺自己好像在夢裡走了一段好長好長的路，才終於疲倦地醒來。

胸口的刺青，只要穿上衣服就能輕易遮掩，除了我以外，唯一能看到那朵百合的，就只有莉莉了。莉莉很喜歡塗上顏色的百合刺青，總是要伸手觸摸。對她來說，那還只是這世界展示的單純色彩，不會帶給她疼痛的感受。或許等她長大後，會慢慢了解我們用身體這個載具承接記憶，如果要深刻記取，總是要深深地劃開，再深深地埋入，讓它成為你身體的一部分。

莉莉能夠辨別的顏色愈來愈多，她開始喜歡畫畫，在她視線範圍內，能夠用蠟筆塗上的地方，幾乎無一倖免。我買圖畫冊給她，她也總是要畫在格線外面。尤其喜歡畫點點，如逗號一般，布滿整個畫冊。

「莉莉，那是什麼？」

「是腳印。」

「誰的腳印？」

「眼睛的。」

我笑了出來。

莉莉，有稿紙我們就把字寫在格子外，有規矩我們就來犯規，雖然直到現在，我還是不明白母親為何要用那樣決絕的方式離開，為何只留下她的呼吸給我，而我又為何要用這樣的方式記憶她，那個我一直無法完全理解或諒解的母親。但既然妳說那是眼睛的腳印，那我們就來看看，帶著胸前的百合刺青與妳，我們一直走下去，會走到哪裡……。

學習羽毛

穿過木門，進入一昏暗的房間。馬拉葛起身，將臉盆逐一擺放在地板上。近牆角有張木板床，馬拉葛的伊娜[1]幕妮就睡在那裡。

幕妮已經睡了很久了。這段時間，幕妮總是陷入深如海底的睡眠之中，她的面頰凹陷，鼓脹的肚腹漸漸消風，皮膚乾燥的好像烈火烤過一樣。有時她會醒來，說些馬拉葛聽不懂意思的話語。她會說「有一個夢一直在夢見我們」，或者「我在很遠的地方看到他」，之後又沉沉睡去。

此刻，馬拉葛盤腿坐在地上，聽著雨滴落在塑膠盆裡。答答—答——，那聲音戳著他的腦門，透過胸腔不斷撞擊迴響。屋子經年漏水，黑暗中馬拉葛也可以將水盆準確地放在漏水處。看這雨勢，外頭水缸應該很快就可以喝飽，馬拉葛想著明天就不用帶寶特瓶到學校裝水了。家裡有水龍頭，但自從上次颱風過後，那裡頭吐出來的水都是濁的。

屋子被雨水困住了，但即使不下雨，幕妮也像是被屋子困住一樣。不知從何時開始，部落裡的人都不肯和幕妮往來了。馬拉葛的阿瑪[2]，也就是幕妮的第二任老公馬威，從前在山下城裡做板模工人，一天下班途中，騎著他的墨玉色豪邁一二五與一台小發財車對

1 Ina，阿美族語母親之意。
2 Ama，阿美族語父親之意。

撞，一團火球在山林中燃起，幕妮與馬拉葛趕到現場時，那躺在地面的已是一具焦屍了。

部落裡的族人陸續來家裡問候，他們說「山羌的時刻降臨在他身上了。」意謂著他的靈魂已被覆蓋，現在，他是「回家的人」了。馬拉葛知道那是什麼意思，但「回家」兩個字還是重重地對著他的心臟揮拳。族人端來一鍋用豬的血液、骨髓、內臟煮成的血肉糢糊湯，想要安慰他們的肚腹。但卻被馬拉葛聽到他們偷偷議論著自己的伊娜，說她因為施咒害人，所以才有厄運降臨，害死自己的大兒子，又一連害死兩任老公。看著那鍋血肉模糊湯，馬拉葛不明白為什麼在這樣的時刻，其他人想的竟然是這些。他想著阿瑪生前最愛吃血肉模糊湯；想著阿瑪已像那鍋湯一樣血肉模糊；想著阿瑪的靈魂歸向祖靈時是餓著肚子的。他氣得咬緊牙根，嘴裡幾顆蛀牙都痠疼了起來。

馬拉葛知道自己的伊娜從未害過人，伊娜透過酒只與自己的祖靈溝通。馬拉葛小時候和阿瑪進入山林打獵時，阿瑪就會拿樟樹葉搓洗他的身體。阿瑪說：「這樣蚊子就找不到你了，樟樹葉會讓你消失，動物聞得到你的氣味，但看不到你在哪，你就變成風了。」馬拉葛的家四周就是樟樹林，他覺得阿瑪的靈化為風穿梭在這片樹林裡，讓小屋隱形，不受外界侵擾。所以部落裡的人不是不來，而是看不見他們的小屋。他們把部落，乃至於這個世界，排擠在樟樹林外了。

部落裡的人為何認為幕妮施咒害人，與馬拉葛手臂上的疤痕有關。一日馬威聽見馬拉葛的尖叫哭吼進到屋內時，馬拉葛的兩條手臂已被熱水燙得腫脹泛紅，如脫了毛的豬皮一樣，米酒、杜侖[3]與香蕉葉散落一地。幕妮的眼裡彷彿有隻驚慌的山羌在奔跑，她說：「我只是想讓祖靈拿走他身上的病痛。」部落裡的人開始傳說，因為馬威與隔壁村的一有夫之婦有染，幕妮便施咒讓鬼靈侵入那婦人的下體，讓那婦人的陰道灼燒痛癢，夜夜哭嚎。鬼靈向幕妮索討回報不成，便讓她失手將熱水澆在兒子的雙臂上。

長大後的馬拉葛對此事毫無印象，因為手臂上難看的疤痕而被同學恥笑，哭得滿臉鼻涕的回家，幕妮要他仔細觀察兩隻手臂上的疤痕。

「你看你的兩隻手，像不像熊鷹的翅膀？」她說

馬拉葛低頭注視自己的雙臂，那上頭糾結皺縮的皮膚竟開始流動了起來。深褐色血管狀的疤痕像羽軸一樣斜生出淺膚色的羽枝，漸漸形成完整的羽片。馬拉葛用手指輕撫手臂，那羽毛的線條感覺又更加柔順整齊了。

馬拉葛感覺胸口頓時空曠了許多，燃起的火把將裡頭的每一個角落都照地乾淨透亮。

3 Turon，阿美族語麻糬之意。

馬拉葛其實從來沒看過盤旋飛起的熊鷹，他看見的是熊鷹的羽毛。

那日，部落裡新選出的頭目，正在進行製作大禮帽的祭靈儀式。一次須向太陽神、月亮神、海神、樹神、小米神、山羌神六位神靈作祭。糯米飯和豬肝包在香蕉葉裡，一旁擺上豬肉、米酒。頭目用右腳踩在香蕉葉上，口唸祭詞，請神靈來飲酒吃肉。祭祀結束後，村人獻上製作大禮帽的裝飾品，頭目開始編製大禮帽。

整個儀式過程，馬拉葛都一直在等待，等頭目唸祭詞、等頭目編製禮帽、等頭目休息時，將禮帽掛在木杖上。他被那頂禮帽吸引，忍不住要伸手觸摸。馬森打掉他伸出的小手臂，告訴他：「頭目的帽子不能摸，摸了就是觸犯了神靈，會生病的。」馬拉葛只好站在一旁，用眼睛摸。

他從沒看過這樣的帽子。半圓形籐帽沿帽側纏上一圈紅絨線，上頭釘上一圈子安貝，再上頭則是六根巨型山豬牙，分三層排列。每一隻山豬牙中央繫上一條紅絨線，兩顆山豬牙中間再繫上一顆紅絨線球。籐帽沿底下紮上一排用檳榔汁液染成紅棕色的人髮，鄂帶則是以八串銀珠貝為飾。

真正吸引馬拉葛的是籐帽上頭的羽飾。黑白相間的尾羽像一隻孔雀在帽上張開扇屏，馬拉葛一根一根地數，是三十二根。每根尾羽的頂端都綴上一顆白色羽絨球，扇羽中央直立著一束用紅絨線繫上的純白色羽毛。

馬森告訴馬拉葛，中央直立的白色羽束是藍腹鷴的尾羽，每一隻藍腹鷴只有一對白色尾羽；上頭的白色羽絨球是鴨絨毛；而那扇型開展的羽飾則是熊鷹的尾羽，由部落中善獵的青年取來贈予頭目的。

「阿瑪，我們去獵熊鷹。只要一隻熊鷹的羽毛，就可以做好多頂禮帽了。」馬拉葛彷彿看見那禮帽上的扇羽飛了起來。

「馬拉葛，我們不會這樣做。」馬森告訴馬拉葛，獵鷹時，只拔掉牠身上最漂亮的一根羽毛，就要放走牠。拔起的羽毛作為頭冠的裝飾，是勇士的象徵；放生鷹鳥，則是要塑造另一個更強的勇士。如果你獵到一隻鷹鳥，身上已經沒有漂亮羽毛可取，這就是牠生命的結束了。而這時，你就是結束牠生命的最後的勇士。

「記得。」馬森用食指對著馬拉葛的額頭敲了兩下。「若到了這樣的時刻，你要拔掉牠頭上的羽毛，放在手掌心，然後讓風帶走。那生命就會化為靈魂，在哪裡落腳哪裡就是居所，那靈裡的生命就會一直延續下去。」

馬拉葛看著自己兩條如熊鷹翅膀的手臂，他想起伊娜的話。他開始想飛。

馬拉葛找不到羽毛。家裡只有山雞羽毛，怎麼樣都不夠做成羽翅。他於是撿來一大堆樟樹葉，將葉子綁在做成翅膀形狀的藤圈上。他用雙臂舉起籐圈，如穿上一對翅膀。爬上樹幹，學習飛鳥振翅，用力揮動雙臂，然後，一次次地摔到地上，直到摔斷手臂。躺在地上，馬拉葛痛地無法起身，樟葉翅膀蓋在他身上，他擔心自己從此隱形，連伊娜和阿瑪都無法看見他。他開始害怕自己頭頂上的羽毛就要被拔掉了。

但是幕妮找到了他。

「伊娜，我想像熊鷹那樣飛，但我飛不起來。」馬拉葛縮在幕妮的腋下，抽抽搭搭地說著。

「娃娃[4]，伊娜有辦法。」

「我已經不是娃娃了。」

「娃娃，伊娜教你。」

幕妮於是抱著馬拉葛走入秀姑巒溪裡。冬風中冰透的溪水，像鬼針草一樣不斷刺入馬

[4] 阿美族的嬰孩和幼兒不分男女都叫做wawa

拉葛的肉裡骨裡。溪水漫漫淹到馬拉葛的膝蓋，他的手臂還在痛，他曲起的雙腳更用力地夾住幕妮的腰。

「伊娜，你要幹嘛？」

「娃娃，這就像飛一樣。」

馬拉葛看見伊娜的眼裡沒有翅膀、沒有飛，只有不斷往前流動的溪水，然後他看見那溪水從伊娜的眼眶流出，滴在他的臉上。

在秀姑巒溪出海口撈捕鰻苗的村民看見了他們，將他們母子背上岸來。馬拉葛因為延誤治療的關係，兩隻手臂從此無法完全伸直。每次升旗典禮，司儀喊「向前看齊」時，馬拉葛的兩隻手臂都會向內微微彎曲，像在輕輕擁抱，又像鷹鳥即將飛振的翅膀。馬拉葛仍舊相信自己可以飛。

而現在，幕妮即使醒著，也像是睡。她會垂著眼皮，喝米酒像喝水一樣。一日，她拿著馬森的獵刀，將家中飼養的雞一隻隻砍斷脖子。無頭的雞慌亂地在籠內撲翅奔走，過了幾分鐘後才倒地不起。本應是腦袋的地方空蕩蕩的，鮮血汩汩流出。幕妮說她夢見了馬森，在夢裡，他身上覆蓋著黑亮的羽毛，風將他身上的羽毛一根一根的帶走，羽毛借助風的力量，飄到了水上。在水中，濕潤的羽毛，慢慢長出了頭、四肢與軀體。光裸的馬森，走出水面，坐在岸邊曬太陽。幕妮認為那是一個預知夢，她告訴馬拉葛，「有風的時候，我們要試著找出一條活路。」

馬拉葛看著滿地失去腦袋的雞隻，牠們的雞羽飛不起來，濕漉漉地沾黏在血肉裡，在泥土地裡。馬拉葛覺得自己的伊娜變得好陌生。紫藍色的月光覆蓋整座樟樹林，連風都沒有，好安靜。馬拉葛想著外人如果看到這一片景色，覺得美，那是因為他們看不見包裹在樟樹林裡的事物。他們是真的隱形了。

馬拉葛開始想念他的阿瑪。他喜歡看阿瑪向他人介紹自己時的笑容，他會說：「這是我最長的老二。」馬拉葛是老二，他上頭有一個哥哥，生病過世了。而他們家中，馬拉葛也確實是最高的。但馬拉葛不喜歡自己的身材，矮短身型加上壯碩的大腿，讓他覺得自己就像是一隻虎皮蛙。每次看著阿瑪剝掉虎皮蛙的皮時，都覺得莫名的害臊，像在眾人面前脫掉自己的內褲一樣，感覺有涼涼的風吹過生殖器。馬拉葛記得阿瑪的笑容是紅色的，長年吃檳榔將牙齒染成了紅褐色，若是阿瑪牙疼，馬拉葛就會拿石頭敲碎檳榔，讓阿瑪吸裡頭的汁液。

馬拉葛曾經在家中找到一張田徑隊的申請表，上頭專長的欄位，他的哥哥用藍色的原子筆寫下：「會填田徑隊的申請表。」隔天他去找學校田徑隊的教練，不到四分鐘輕鬆跑完四圈操場，就這樣進入了田徑隊。

馬拉葛確實很會跑，他的問題可能就在於太會跑了。他總是領先所有選手穿過終點線，然後繼續跑，繞著紅土操場十圈二十圈地跑下去，干擾其他項目的比賽進行，有時乾脆跑出校園。

他會沿著秀姑巒溪奔跑，跑過貫穿田野的縣道，跑上橫跨海岸山脈的產業道路，就這樣一路跑到溪流出海口處。幸運的話，他會在那裡遇見一隻魚鷹或紅隼，鳥喉發出的叫聲彷彿是天空在對他說話。

牠們飛的好高，有時並不鼓動翅膀，而是借助風的力量盤旋著。馬拉葛看著牠們，感覺自己有時並不真的是用雙腳奔跑，而是用他的雙臂。萬物生靈化為風，托著他往前，如飛一般滑行，所以他從不感到疲憊，他覺得那風裡一定也有他阿瑪的靈。

馬拉葛會趕在太陽消失在西邊之前動身回家，這樣的時刻，馬森沒有回來，一直都讓他感到很傷心。

隔天回到學校，馬拉葛總免不了被教練訓一頓。他總是問教練：「為什麼跑過終點線就不用跑了？」他是真的想不明白，跑道沒有消失，為什麼跑過終點線就不用再跑了。

難道太陽下山後明天就不升起，母雞下蛋後明天就不下蛋了嗎？他也不明白，為何其他選手們在起跑線上，總是刷白一張臉孔，表情僵硬像一隻死掉的飛鼠一樣。馬拉葛會咧開嘴笑，誇張地做出彎弓射向太陽的動作，因為他知道學校的女孩子都在偷看他。他覺得其他人之所以跑不快，是因為他們都不笑，又或者沒有女孩子在偷看他們的關係。

同學叫馬拉葛「飛毛腿」，說羽毛長在他的腿上，他跑的就像飛一樣。馬拉葛記得小時候，跟父親上山打獵。父親告訴他跟獵物比的就是賽跑。山裡的靈都在看著，誰無法再繼續跑下去，山靈就會把牠帶走。

他和父親從不急著射殺動物，他們會一直追著獵物奔跑，在汗水和喘息之間，彼此體內都會燃起一堆篝火。馬森告訴馬拉葛：「身體裡的火讓它燒，別怕。山靈會透過皮膚的汗水幫我們帶走這團火，但不會帶走獵物的，那團火會在獵物體內燃地更旺，直到牠倒下。」

馬拉葛知道，只要他跑，風就會跟著他；只要他不停下來，風就不會消失。

「伊娜，我明天就要跑馬愣愣[5]了。」馬拉葛說。

「好啊，娃娃，明天過後你就是戴羽毛的勇士了。」幕妮的眼睛好像還是沒有夢醒。

馬拉葛心想自己終於可以從「學習羽毛」升上「戴羽毛」的階層，有了羽毛，他就可以飛了。而且明天，他一定會跑在所有部落青年的最前面，他會在終點處用眼睛咬住他伊娜的眼睛，告訴她：「伊娜，我已經不是娃娃了。我現在是戴羽毛的勇士，可以保護妳。讓妳的眼睛裡有翅膀、有飛，溪水不會流出來。」

清晨，部落青年們在菸葉廠集合，身穿白色衣褲、頭繫生薑葉編織的頭飾。頭目戴上了那頂大禮帽，以米酒、檳榔、杜侖祭拜天地神靈，向青年們喊話：「做一個邦查[6]勇士，跟太陽一起出發。」

日出的時刻來到，青年們開始往東海岸太平洋的方向奔跑。部落耆老手持繫有白色羽毛及鈴鐺的公雞爪，在隊伍背後追趕。若被那雞爪追上，可是奇恥大辱，馬拉葛心想自己才不會被追上，有一雙眼睛會在終點處等著迎上他的眼睛。

馬拉葛將其他部落青年遠遠甩在後頭，太陽的光亮讓他半瞇著眼睛，肌膚滲出大量的

---

5 Marengreng，阿美族成年禮中的五公里馬拉松賽跑。

6 Pangcah，阿美族人自稱。

汗水，他感覺阿瑪的靈化為風將他體內的火一點一點地帶走。他的雙腳有力地向前拉引，輕快地感覺在風中飛了起來。他只花不到十五鐘的時間，就跑完全程。當他張開雙臂如展開羽翼，跨過終點線的竹竿，跑入部落族人的歡呼聲中時，他沒有看見他的伊娜。

頭目為他戴上羽毛高冠，在腰上繫上黑色短裙，像一隻熊鷹一般，他成了「戴羽毛」的勇士了。那冠上只有一根羽毛，那花紋跟頭目大禮帽上的熊鷹尾羽不太一樣。

「現在熊鷹、藍腹鷴、環頸雉都被列為保育類動物，不能獵捕或拔羽毛。你現在戴的羽毛是外國進口的。」頭目說。

「外國是哪裡？」瑪拉葛問。

「我也不知道。馬拉葛，你只要記住，你頭上那根羽毛就是你的伊娜，我們邦查是永遠把伊娜舉高在頭上的。」

「我知道。如果我跑，就會帶著我的伊娜一起飛起來。」

馬拉葛戴著那根羽毛跑，他要趕緊回家找伊娜，告訴伊娜，他知道飛的方法。

當他奔跑，感覺他阿瑪的靈並著萬物生靈都化為風，托著他，讓他跟著頭頂的羽毛一起飛了起來。這一刻，當馬拉葛感覺飛了起來，他不知道，他的伊娜正帶著夢一般的眼睛，緩緩走入秀姑巒溪裡，也感覺飛了起來。

胡琴製造

鳳凰小鎮沒有鳳凰，卻有許多想騰飛而起的人。葉醫師就是其中一個。瑞德也是。

當瑞德的墨綠色汽車駛過新啟用的大橋時，欣迪便開始生氣。

這台汽車有著與馬力極不相襯的引擎聲。當欣迪第一次坐進這輛車時，耳邊響起巨大的引擎轉動聲，卻見窗外的車輛一一駛過。

「你很喜歡這台車的聲音嗎？」欣迪問。

「喔不，我當初買這台老車時，它就有這聲音了。這很蠢，我知道，因為它根本沒有馬力。」瑞德說

瑞德喜歡這女孩，覺得她很可愛，但沒對她說。

這座橋通往一座觀光農場與新啟用的車站，今天是第四次的約會，他們打算去那裡。但是當車子在巨大引擎聲中吃力地爬坡時，瑞德想起多年前他來過的一個小鎮。就在擋風玻璃的右前方，被橋身欄杆切割成一塊一塊的風景。欣迪伸手撫摸他的手臂，他專注想著一些過去的事，他沒說話。

當車子開過這座大橋，瑞德看見「胡琴製造」的廣告牌，便猛然轉動方向盤往與農場反方向的小巷子駛去，他還是沒說話。

「你到底怎麼了？」欣迪被這突如其來的動作嚇到，高聲質問。

瑞德感覺握住方向盤的手開始緊繃僵硬，肩膀也是。他說想先去一個地方看看，晚點再去農場。這次，換欣迪不說話了。

廣告招牌看起來剛設置不久，簇新黃色刷底印上解析度模糊的一把胡琴，用俗氣的紅色字體寫上四個大字「胡琴製造」。瑞德幾乎是一看見那四個字，就下意識地轉動方向盤。欣迪問他，他的腦袋才跟著運轉起來。該死，有的時候他覺得自己跟這台車子很像。

往廣告招牌指示的方向前進，沿途有許多觀光休息站，但因為新橋開通的道路較為快速，旅人已不再彎進這座鳳凰小鎮，休息站也大多棄置。途中還有一座公園，瑞德記得小時候父母帶他來過這座公園，裡頭有許多動物的水泥雕像，獅子、斑馬、犀牛、大象、長頸鹿，甚至還有恐龍。父親抱起他，讓他坐在每一個動物的背上拍照。從前他的父母保存著這些照片，現在照片則在瑞德家裡。這座公園，如今也同樣像棄置一般，從荒草掩蓋的入口望進去，就讓人放棄遊玩的興致，只有少數急著上廁所的人，才會短暫停留。裡頭的動物還在，身上的油漆多已斑駁脫落，佈滿青苔。公園就像座巨型的動物園化石般將時光一同封存。

小鎮很小，瑞德很快地便找到了他要找的店家。相較於廣告招牌的花俏，店面招牌只是素樸的木板漆上「胡琴製造」四個字。全透明的落地玻璃門上了鎖，從外頭望進去，狹小的店鋪裡被玻璃櫃包圍著，有些櫃子裡擺著空玻璃罐，有些櫃子裡則空無一物。裡頭沒有開燈，瑞德心想，這店家怎麼看都不像是製作胡琴的店。正猶豫要不要離去時，這時隔壁剃頭店的老闆娘看見在門外張望的瑞德與欣迪，什麼話也沒說，便前來伸手拍打玻璃門。

「頭家娘，人來看弦仔喔。」說完便轉身回到自家店鋪。

即便如此，店內還是毫無動靜。瑞德猶豫半晌，正要離開時，一位婦人從裡頭走了過來，扭開門鎖，什麼話也沒說，便轉身坐到玻璃櫃後的椅子上。瑞德自己將玻璃門拉開，衝鼻而來的是濃濃的中藥氣味。踏進店裡，瑞德這才看見左側玻璃櫃內擺放著一排共四支胡琴。欣迪端詳著這位婦人，白皙的皮膚鬆弛脫垂，爬滿老人斑，她非常的蒼老，略駝著背。欣迪想著她年輕時肯定非常美，但現在她的眼珠裡已經失去了光亮。

「請問葉師傅在嗎？」瑞德問。

「他中風了，現在不做琴了，以後也不會再做。剩下這四支，看你要不要。」老婦人說，眼睛並沒有看瑞德，而是望著玻璃門。

師傅姓葉，瑞德是知道的。當初他進黑世國樂團，和他一起做樂器買賣的指揮，就收集了好幾把葉師傅的胡琴。他說葉師傅本業是中藥師，自學做胡琴後便不再賣中藥，用的材料不見得是頂好，但胡琴的音色總有說不出的獨特迷人之處。

瑞德詢問可否試拉看看，婦人點頭，瑞德便隨意挑了一支黑檀胡琴。這支胡琴琴筒蒙上的深褐色蟒蛇皮目眼很大，頂部和底端各有一個黃色斑點。瑞德將胡琴架在跨部，前後拉動了幾下琴弓，覺得音色不錯，但畢竟是新琴，真正的聲音還未被完全打開。胡琴的音色似哭聲，特別適合彈奏哀傷的曲調，有時入耳稍嫌尖銳。店內很安靜，和這座小鎮帶給人的感受一樣。瑞德在安靜狹小的店舖裡拉動琴弓，他與欣迪都看見，老闆娘原先淡漠的表情似乎有了變化，眼睛漸漸有些光澤，但很快地又轉為黯淡。

不知是否因為聽見琴聲，葉師傅坐在輪椅上，由看護推了出來。他穿著襯衫與西裝褲，頭髮全白但仍舊相當茂密，祥和的臉容，讓人感覺不出他生了重病。

葉師傅沒有說話，看著瑞德。瑞德已經很多年沒有拉琴了，但是突然間在這狹窄的店舖中，有許多觀眾包圍著他，安靜地等待他拉動手中的樂器。

看見葉師傅出來，不知為何，思緒還未跟上，瑞德的手已經開始拉動琴弓演奏一曲〈賽馬〉。店內的氣氛因著激昂的樂音開始稍稍有點活力。葉師傅的臉上似乎有笑容。馬尾琴弓隨著琴聲一根一根的斷裂垂落。瑞德感覺額頭微微滲出汗水，演奏結束時，葉師傅已經不在了。

瑞德想和葉師傅說幾句話，但他不確定葉師傅現在是否可以說話。他看著手中與架上的胡琴，以他多年的胡琴買賣經驗，他想著若這是葉師傅在世時所做的最後幾把胡琴，肯定可以再轉賣更好的價錢。但最後，他什麼也沒買，將手中的二胡放回玻璃架上，和老闆娘道聲謝謝，便帶著欣迪離開了。架上的胡琴彷彿睜著蛇一般的眼睛，目送他離去。老闆娘還是沒有看他，她坐在椅子上，維持淡漠的臉色，一動也不動地望向玻璃門外的風景。從頭到尾，她都沒有打開店內的燈光，就這樣一直坐在昏暗之中。

小時候，瑞德的父親總是嚴厲地督促他練琴，他告訴瑞德，琴筒上安的蟒蛇皮鞍型花紋，每一個都是一顆眼睛在盯著拉琴的人，若是拉琴的人疏懶於練習，沒有以更好的琴聲回報被剝了皮的蟒蛇，牠在夜裡就會潛進你的夢裡。瑞德很害怕蟒蛇真的會潛入牠的夢中，即使手指頭紅腫破皮，滲出血水，還是努力練琴。直到父親生病，再無人督促他練琴。

事實上，蟒蛇從未造訪他的夢境。但從「胡琴製造」回來的那個夜晚，是蟒蛇第一次進入他的夢裡。

蟒蛇之字形朝他游了過來，立起上身，微吐蛇信，兩隻眼睛緊緊地咬住他。瑞德盯著蟒蛇的眼睛，發現自己再怎麼使勁都無法移開他的視線。蟒蛇的那雙眼睛就像清晨四點的湖面一樣泛著薄霧。瑞德的雙眼也彷彿被霧所遮翳。蛇的眼逐漸擴大成為一座真正的湖水。那座湖即使被霧所掩蓋，瑞德也將永遠能夠清晰地指認。

不知從何時起，瑞德對於父親嚴厲督促他練琴開始感到反感，父子關係漸漸疏遠。小時候，他們父子倆喜歡在晚飯過後，騎著腳踏車，享受微涼的晚風。瑞德坐在腳踏車後座，雙手抓著父親的褲頭，雙腳打開，閉上雙眼。他感覺自己就像駕駛一座飛行器，飛行器知道目的地在哪，從不迷失方向，瑞德感受著那令人心安的飛行。只是漸漸地，他的雙手放開了父親的褲頭，失去了那飛的感受。

父親生了一場重病後，住進了一間安養院，就在那座湖的旁邊。瑞德根本不喜歡釣魚，他厭煩於枯燥的等待，但是他會打電話給父親說他要去療養院旁的那座湖釣魚。每次去釣魚，他從不進安養院看父親，只一逕地徒步繞過大半湖面，到達對岸的淺灘。這座淺灘正對著安養院，從這裡可以看見安養院窗口透出的光亮。許多住在安養院的老人，凌晨兩三點便起床，到這處淺灘釣魚。

老人們非常安靜，釣魚時從不出聲交談，但他們心底都知道瑞德是誰的兒子。瑞德有時從打盹中醒過來，老人們仍舊維持同一個等待的姿勢。他們從不急躁，他們知道自己在等待什麼。清晨四點，湖面四周霧氣瀰漫，光線非常昏暗。直到太陽升起，霧氣散去，老人們也消失無蹤，瑞德這才起身離去。

一條蛇從對岸游了過來，游得很緩慢，略顯蹣跚。瑞德知道那不是蛇，那是他的父親。安靜的湖面泛起湖水被擺動的聲響。每次瑞德來釣魚，父親都會乘小船過來。來了也不看瑞德，也不和他說話。父親會帶著一只大保溫瓶，裡頭裝著滾燙的咖啡，逐一倒給釣魚的老人們喝。最後父親會拿著一個空杯子，交給瑞德，對他說，「剩最後一點，看你要不要喝。」瑞德沒說話，接過空杯等待著，父親從保溫瓶中倒出咖啡，每一次都不偏不倚，倒完最後一滴咖啡，剛好是一杯的量。他等著，瑞德將咖啡喝完，父親便帶著保溫瓶與空杯子離開。父親過世後，他就再也沒有回到那座湖釣魚了。

再次回到那座湖時，瑞德不知道自己是在夢裡。一條蛇從對岸游了過來，游得很緩慢，略顯蹣跚。瑞德知道那是他的父親，帶著裝滿滾燙咖啡的保溫瓶與空杯，他會把最後一杯咖啡給他喝。但是，他發現，那不是他的父親。

葉師傅看起來精神許多。他挺直腰桿，有力地擺動船槳，朝瑞德划來。

「葉師傅。」瑞德先開口說。

「坐吧。」葉師傅的聲音很細，讓人感覺就像馬尾琴弓划過琴弦一般。

他們並肩坐在岸邊的石頭上。

「我十四歲那年，看了一場野台戲。回家後，找來空罐頭，加上竹桿、琴弦，做成了一支銅罐仔弦。那個時候，我還不知道自己未來會成為一位製琴師。只是覺得用自己做的琴拉出來的聲音特別動聽，心會跟著飛揚起來，讓人感覺青春，生命裡沒有年老這件事。」

瑞德聽著，不知該作何回應。

「手工製造業跟製造飛機一樣，都是為了讓某種事物升起、騰空、飛行、抵達。只是琴弦若斷了，就需用新的琴弦替換。如果你看見外頭的樹，枯葉正逐漸被風帶走。即使有些枯葉還強韌地支撐著，但你知道，該落的終將會落下，它的位置將會被新的枝枒取代。」

瑞德想說話，但喉頭發不出聲音，雙唇只無謂地掀動著。身旁的霧氣漸漸散去，葉師傅也隨著霧氣消失無蹤。

瑞德自夢中醒來時，房間內只有他一個人。他突然湧生出一股同床共枕的渴望，希望在每天睜開眼睛與閉上眼睛的那一刻，身邊都有個人陪伴，而他知道那個人是誰。瑞德心想，事隔多年，也許他應該再去一趟當年父親住的療養院旁的湖釣魚。或許帶上欣迪，或許帶上他們未來的孩子，再帶上滾燙的咖啡。他會執拗地問孩子「剩最後一點，看你要不要喝。」

但是他沒回去。當他再一次回到鳳凰小鎮時，「胡琴製造」的牌子依舊掛著，上頭的油漆已斑駁許多。老闆娘坐在店鋪裏頭，架上的胡琴全消失了，老闆娘不記得瑞德，他假意說看到招牌想買胡琴，想藉此探問老師傅還在不在。老闆娘仍舊不看他，她說倉庫裡還剩下一些做胡琴的材料。

「那些材料就在師傅的工作室裡，你要不要去看看？」

瑞德拒絕了。當他離開時，老闆娘仍舊雙眼盯著玻璃窗外的風景，一動也不動地坐在昏暗的店鋪裡。

人造衛星為何不墜落

Ten, Nine, Eight, Seven, Six, Five, Four, Three, Two, One, **LIFTOFF.**

蘇俄第一顆人造衛星「潑尼克一號」於一九五七年十月四日升空，傾角六五．一度，週期九六．二分鐘，發射二十一天後信號中斷，一九五八年一月四日，燒毀（Decay）於太空。

美國第一顆人造衛星「探險家一號」在一九八五年二月一日升空，一九五八年五月二十三日電訊中斷，一九七〇年三月三十一日重返大氣層，燒毀（Decay）。

中國第一顆人造衛星一九七〇年四月二十四日升空，第二顆人造衛星在一九七一年三月三日昇空，傾角與第一顆相同，一九七九年六月十七日燒毀（Decay）。

柔伊在安谷的電腦上看著這段文字。

她時常這樣，完成自己的功課後，就把椅子拉到安谷的電腦桌旁，依著安谷坐下。安谷是高三生，正忙於準備大學升學考試；柔伊小他四歲，才剛升上國二。他們是這所學校裡僅有的兩位學生，也是這座島上僅有的兩個孩子。

安谷有一個太空夢，目標考取航太工程學系，他的床頭櫃上有一整排的《宇宙兄弟》漫畫，每晚他就睡在這艘太空船旁，駛入夢境。柔伊時常在他的電腦上看見許多陌生的字詞。比如今天，她在那堆升空燒毀的循環迷陣中，被一個陌生的單字給抓住了眼睛。她用她枯瘦、指節突出的手指放在那個字上。

「Decay.」安谷說。快速的鍵盤敲擊聲。電腦螢幕顯示：

> Decay（名詞、動詞） UK /dɪˈkeɪ/ US /dɪˈkeɪ/
> **腐蝕；（使）衰弱，（使）衰敗，（使）毀壞。**
> **Sugar makes your teeth decay.**
> 糖能引起蛀牙。
> **environmental/industrial/moral/urban decay**
> 環境惡化／工業衰退／道德淪喪／城市衰落。
> **The buildings had started to fall into decay.**
> 那些建築已經開始敗壞了。

「Decay.」柔伊跟著安谷唸了一遍。她的人造衛星升空時，也是從這個單字開始的，衰弱、衰敗、毀壞……。

如果要說柔伊的故事，那就得從二〇一六年談起。或者該從她母親的離開談起，又或者該從她父親對於樂透彩券的沉迷談起。但不管故事從哪個地方開始，時間都像被吸入黑洞一般，扭曲變形，找不到一個可以定錨的絕對座標。故事一開始，就在時間裡迷航了。讀秒結束、火箭發射、衛星升空、信號消失、衰弱、衰敗、毀壞……。

或者我們可以從海洋開始談起。

柔伊居住的島嶼被包裹在海洋裡，而柔伊的身體裡也有一片海洋，百分之七十的水分組成，血液帶有鹽味，裡頭納、鉀、鈣等元素的含量比例都與包裹住這座島嶼的海洋極為相似。

柔伊身體裡的海洋曾經也包藏在另一座海洋裡，柔伊母親的子宮。

柔伊閉著雙眼，漂浮在漆黑的羊水裡，那時她的耳朵漸漸開始忙碌起來，她可以清楚聽見由母親身體所發出的聲響，消化系統周遭因空氣而產生的泡泡聲，肺部呼吸的充氣聲，母親與自己小小的心臟交互的跳動聲，有血液咻咻地流過血管。

母親子宮裡的海洋亦是從另一片海洋而來的。

這時，也讓我們暫時閉上眼睛，回到那遠古的時代。先別急著睜開眼，因為地球被包覆在厚厚的雲層裡，陽光無法穿透，四周一片漆黑，而地球還在發燙。

水分一落下，又立刻變回水蒸氣。我們的耳朵會漸漸變得忙碌，因為大雨持續落下，一場遠比下在《百年孤寂》裡的馬康多更大、更久、更魔幻的雨，數年甚至數百年地持續澆灌著空無一物的大地，刻蝕著地表的輪廓。我們必須在這樣的黑暗中待的夠久，直到地球慢慢冷卻，雨水匯聚成海洋，陽光穿過雲隙，洩下流瀑，照在大地上。深海裡暗湧流動，生命慢慢匍匐至陸地，有一天，又會再回到海洋裡。

這時，柔伊睜開眼睛，看著眼前圍繞這座小島的海洋。坐在海蝕平台上，風吹著有點冷，讓她的皮膚泛起雞皮似的疙瘩，而黑色的雲團還在遙遠的海的另一端等待著。她喜歡吹著海風，想像一座海洋包裹在一座海洋裡，又包裹在另一座海洋裡，最終所有的海洋都會回到她眼前的這片海，這會稍微撫平她心中躁動的情緒。

安谷一心想投入台灣的衛星計畫當中，他對柔伊說，「我會把宇宙縮在一顆水晶球裡，帶回來送給妳。」她不喜歡宇宙的想像在安谷的心中持續升溫發燙，那讓她感覺安谷去到了一個太過遙遠的地方。在她認識的人當中，那些去到遠方的人，都再也沒有出現，連遠方的消息，都不曾回來過。

更多的其實是她一直無法擺脫人造衛星帶給她關於臍帶的聯想。

所有的人造衛星被製造並發射升空，它的「心」都被設定要向著地球，像命定一般，地球引力形成一條隱形的臍帶，牽引著衛星看似往前實則繞著固定軌道循環，如果人造衛星想要逃離這樣的莫比烏斯環，只有兩條路可走，偏離軌道被吸進太空，或者往地球墜落，燒毀在大氣層裡。

柔伊找不到第三條路徑，她不知道她的臍帶連結到哪裡，受什麼樣的力量牽引，心又該向著何方。她時常有落空的感受，像海浪衝擊石頭，看似如常，但海浪總是會從石頭身上帶走一些什麼。於是，她成了大人眼中那個躁動不安的孩子，不似安谷沉穩。

柔伊的父親不肯談她的母親。他告訴柔伊，有次他夜半夢見觀世音菩薩來到床頭，手掀簿冊要父親蓋手印，簿冊上有許多欄位，他看不懂上頭的字，便隨手蓋了一格。不久後，觀世音菩薩就將柔伊送來了。他一直相信，他長久向觀音菩薩祈求的樂透明牌就在柔伊身上。

他的書桌被農民曆、中藥材書、過期報紙占滿，幾乎看不見桌面，有些書堆因承受不住重量而傾頹下來。板塊推移、島嶼生成、降下大雨、土石流洩，柔伊的父親每日坐鎮在這座以他為上帝的島嶼之前。老花眼鏡在頭上、鼻樑上、手上、書堆上，更多時候是需要柔伊在家中尋找。如果不夠細心，可能無法明白她的父親正以怎樣複雜又縝密的律法來治理這座島嶼。在層層堆疊的建築物中，夾有大量的日曆紙。這些日曆紙上密密麻麻所記載的數字，都與柔伊有關。你隨手指出來的數字，柔伊的父親都可以告訴你來歷。十六是柔伊生日綜合演算的結果、四十二是她第一次喊爸爸的日子、三十七是她開始掉乳牙的日子。柔伊的父親將女兒出生至今所有大大小小的事件，以數字縝密的編寫在日曆紙上。舊的日曆紙堆疊在書桌上，塞滿家中各個角落，新的日曆紙仍持續不斷地被撕取下來。

日曆紙上除了數字之外，還夾帶有各種資訊。歲次丁酉年、本日大暑、不宜作灶安葬、財神位於東南方、今日胎神廚灶爐房內北。營養蔬果汁：香蕉一條、鳳梨1／4顆、小番茄一把、開水一〇〇毫升、蜜糖隨意，促進排毒、預防便祕。本日格言：人生是海洋，希望是舵手的羅盤，使人們在暴風雨中不致迷失方向。／將人比人，真是氣人；將心比心，大家更親。唐詩古詞：少小離家老大回，鄉音無改鬢毛衰；孩童相見不相識，笑問客從何處來。

柔伊的父親連帶這些資訊與數字一併推敲分析，他的推敲路徑從來無人知曉，最後他會將好不容易選定的六個號碼，用原子筆寫在柔伊的手掌心，要柔伊到島上唯一的一間彩券行下注。他從不自己到彩券行，因為他至始至終相信，觀世音菩薩要給他的明牌，就在柔伊身上。讓柔伊前往投注，幸運就會發生。

在這座小島上，到哪都不遠，柔伊從家裡走到彩券行，只要五分鐘的路程。她擔心數字捏在手心裡，會被汗水浸糊了，所以總是攤開手掌，五指併攏，行軍一般地走路。島上居民們，只要看見柔伊這樣走路，就知道她要去彩券行了。沿途遇到的爺爺奶奶總會對她說「爸爸買給你哦」，那已經是接近十年前的公益彩券廣告詞了，這麼多年來，島上的人還是持續把這句話當做祝福語一樣傳遞著，甚至當柔伊從彩券行老闆手中接過那張輕薄的感熱紙時，他也會對柔伊說「爸爸買給你哦」。每次聽到這句話，柔伊總感覺寒意從胃凍結至喉頭。那會讓她一再想起，廣告中那輛藍色的平快車，打開窗戶，海風就灌滿整個車廂，伸出手好像就能輕易地把外頭的風景摘下來一樣，那輛車上，沒有母親這個角色。過山洞時，爸爸會對坐在身旁的孩子說：「你要什麼，爸爸都買給你。」這個不合時宜的玩笑，總是讓柔伊的頭低了下去。

但是，她還是喜歡去彩券行，除了可以得到零用錢之外，在這裡還可以遇見島上大部分的居民。她是從這些居民口中才知道，她的母親離開這座島，到另一座更大的島去了。她於是才從學校之外，真正意義上的認識到，原來島嶼之外，還有島嶼。

波瀾島位在本島的東南方，漲潮時面積三・二三五四平方公里，退潮時面積三・七〇二八平方公里。居民約二〇〇人，其中柔伊與安谷是島上唯二的年輕人，柔伊的父親則是少數的中年人之一，大部分的居民是老人家，青壯年幾乎都移居到本島了。在西南方的港口邊，島上居民圍繞宮廟形成聚落。北方有一座虎頭山，山坳處則是舊時日軍留下的砲兵房遺址。島上傳言廢棄的防空壕裡，還住著穿軍裝的日本鬼魂在那裡遊蕩。

老人們平時除了撿拾潮間帶石蚵、珠螺、海菜等食物外，靠的就是政府每月發放的老人津貼，以及子女從本島寄來的錢。柔伊與安谷這兩個孩子，自然成為島上的寶貝，老人家口袋的錢，一大部分都替他們買零食、玩具去了。而另一部分，則大多投注到島上唯一的彩券行裡。

這間彩券行是安谷的父母親經營的，他們靠著老人家每月辛勞地投注，成為了波瀾島上最富有的家庭。柔伊明白自己的父親是為了還清債務，再在柔伊未來就讀的大學旁買棟房子，陪伴她唸書。但柔伊一直很困惑，對於島上大部分已走過人生五分之四路程的老人，得到這筆鉅款，又有什麼夢要完成呢？他們大多白天多走些路，多吹些海風，晚上就得揉著發疼的膝蓋無法入睡了。柔伊到彩券行，就會像個小記者一樣詢問爺爺奶奶，中了樂透要做什麼呢？這個問題可以在每一個獨居的老人眼中點燈，他們會告訴你自己的子女在本島工作何其忙碌，有了錢，就可以減輕他們的辛勞，讓他們至少能放個假，帶著孫子們回來島上。時間久了，柔伊就不再問這個問題了，因為如果你詢問一百個老人家，當然可以得到一百種答案，只是不管答案是什麼，事實上每一張投注的彩券背後，希望換得的就只是一張船票而已。

問這個問題讓人難受，因為柔伊與安谷都是準備離開的人。他們每日在學校面對電腦螢幕學習時，都是在為離開島嶼，到另一座更大的島嶼做準備。他們的學校離海不遠，教室窗戶外頭就可以看見海蝕平台，以及稍遠一些的港口停泊的船隻。在這個島嶼出生的老人家都是他們的學長姐，每年校慶日，他們都會回來學校聚會，在走廊上一張張早已泛黃的畢業照上辨認自己當年站立的位置。青年人漸漸離開後，學校也廢棄了。村長集資為柔伊和安谷購置了電腦與函授課程，教師從此成為住在盒子裡的人。

柔伊每天看著電腦螢幕裡的函授課程就想打瞌睡，安谷則會在早上就將當天進度完成，下午則盡情地蒐集各種航空知識。

安谷告訴柔伊，美國NASA一架名為「洞察號」的火星登陸器，預計在二〇一八年五月升空，十一月抵達火星。NASA因而發起了一項「讓你的名字飛上火星（frequent flier）」的計劃，NASA會將報名者的名字儲存在一個硅芯片中，隨著「洞察號」飛入火星。報名的人都可以下載一個登機證，上頭會顯示該名旅客的起迄站（地球—火星）與總飛行里程數。安谷將島上居民的名字都輸入到電腦中，打算替他們報名參加。

「我要帶島上的所有人飛到火星去。」安谷說。

「不要把我們像猴子一樣帶上去，飛出去後就回不來了。」柔伊覺得這個念頭很可笑。她趁安谷不注意時，將名單中安谷的名字悄悄地刪除了。

華特・米堤是一位在《生活雜誌》工作的員工，為了找尋消失的第二十五號底片，而來到位在格陵蘭的努克，他需要雇用機師載他到一艘海上漁船，找尋照片的拍攝者尚恩・歐康諾。但島上唯一的機師才剛喝完一杯相當於成人小腿大小的啤酒，走起路來搖搖晃晃的。華特決定放棄，打算直接回家。這時他暗戀的女同事雪莉・梅赫夫卻意外出現在酒吧裡（其實是華特腦海裡的白日夢），她帥氣地刷著吉他唱歌，一邊唱一邊往門口的方向移動。華特不自覺跟著她走出酒吧門口，此時倒數讀秒聲音出現，Ten, Nine, Eight, Seven, Six……隨著讀秒結束，起飛的指示音響起，華特跳上了直升機。

平常安谷在電腦前用功時，柔伊只會依在一旁安靜看著，但今日她看完電影後，卻意外地打破沉默。她被女主角雪莉所唱的歌曲吸引，忍不住對安谷滔滔地說著這個電影片段。

那首歌是David Bowie在一九六九年寫的〈Space Oddity〉，歌曲一開始地面控制中心正在呼叫湯姆少校，指示他吞下營養補充劑並戴上安全帽，倒數讀秒開始，引擎啟動，檢查點火裝置，願上帝的愛與你同在。湯姆上校隨著讀秒結束，太空船發射升空。

自一九五七年第一個人造衛星成功升空以來，人類戰場延伸到了外太空，第二顆、第三顆人造衛星陸續升空，截至今日，地球周遭除了飄滿太空垃圾外，共計有一〇七一顆仍可正常運作的人造衛星。人造衛星將人類歷史推進了一個全新的時代，人們多了令一隻眼睛，可以由地球軌道看向外在宇宙，亦可由太空回望地球。

這首〈Space Oddity〉在一九六九年七月十一日首次發行，五天後的七月十六日，美國阿波羅十一號於當地時間九點三十二分在甘迺迪太空中心發射升空。七月二十日，阿姆斯壯與艾德林成為了首次踏上月球的人類，這個登陸點被命名為「寧靜海基地」。阿波羅十一號歷時八天一三小時十八分三十五秒，繞行月球三十周，在月表停留二十一小時三十六分二十秒，最後成功回到地球。

那麼湯姆少校呢？湯姆少校在抵達月球時，便接到地面控制中心指示，「現在離開太空船的時間到了，假如你夠勇敢的話。」湯姆少校回應控制中心「我現在正要踏出艙門。我正用一種最詭異的方式漂浮著，而今天的星星看起來非常的不一樣。」接著他開始對自己說話。「我正坐在一個大錫罐裡嗎？在遙遠世界的上方，地球是藍色的，而我什麼事都不能做。雖然我穿越了十萬英哩，我仍然感覺非常平靜，我想我的太空船會知道該往哪裡去。」他為什要對自己說話呢？從那之後，湯姆少校便從此失去了訊號。

湯姆少校發生了什麼事？他去了哪裡？他還用他詭異的姿勢漂浮在外太空嗎？沒有人知道。而David Bowie在二〇一六年也坐上了太空船，離開了人世。

面對柏林圍牆，三十歲的David Bowie唱著，我們站在高牆下，槍在我們頭上開火，而我們親吻彼此，我們總是可以擊退那些的，就這麼一天，我們可以成為英雄。柔伊感覺David Bowie的歌聲也漸漸將她心中的牆推倒。

而在另一首更古怪的歌曲中，David Bowie唱道，他聽見來自宇宙的搖滾樂，那首搖滾樂是一個星際人所唱的，那個星際人說他很想來拜訪我們，但是他怕我們會驚嚇地腦袋爆炸，所以他一直在等待，而且他認為這樣的等待非常值得。星際人告訴David Bowie，要讓所有的孩子都跳起舞來。

柔伊就這樣沉浸在歌曲中，一首一首持續不斷地聽著。隨著David Bowie的歌聲，湯姆少校飛入太空，華特米堤跳上直升機，而柔伊也開始漸漸明白關於安谷的太空夢，以另一種更迂迴的方式。

柔伊喜歡去安谷家的彩券行還有另一個原因，那就是水族箱。對島上的居民而言，家中擁有一個海水缸並不稀奇，家家戶戶都會將捕撈上岸的魚貨暫時存放在水缸裡，那就是居民們的冰箱。而彩券行的水缸，則是由安谷一手設置的。那是一個五呎的大型玻璃缸，安谷著迷於各種珊瑚，因而養殖了許多不同品種的珊瑚，像菊花盛開的鈕扣珊瑚、像白木耳的手指珊瑚、芒草般搖曳的日本草皮珊瑚，以及像母親粉紅乳頭的紅奶嘴海葵，眼斑海葵魚穿梭其間。水缸的背後則設有外掛過濾器、蛋白機、造浪器、控濕器、冷卻風扇等設備。

水缸前放置了一個長桌，桌上擺有硬幣般大小的圓型鐵片，供客人刮掉刮刮樂上的銀漆。許多人坐在水缸前頭，無論手上的刮刮樂卡片有沒有中獎，都會長久的盯著這座巨大水缸，無法離去。他們看著水缸內的珊瑚身體靜止不動、只有觸手緩緩擺盪，那姿態讓人看著漸漸入迷，就像島上的老人一樣，年紀越大，越像是一株植物般靜靜生長著。柔伊是看得最入迷的一個，她感覺那座水缸就是安谷所打造的一個太空世界，有一天安谷會飛到那樣的地方，再如這座水缸作為海洋的縮影一樣，他會把那個世界的訊息帶回來。或許他會遇到那個天際人，告訴他另一種生命的可能性。

眼斑海葵魚的英文俗名叫做False Clown Anemonefish。Clown就是馬戲團中身著紅白相間服飾，頭戴尖帽的小丑。你看小丑魚在跳妞妞舞，柔伊說。牠才不是在跳什麼妞妞舞，安谷解釋。在海葵和小丑魚看似和平的共生之中，其實危機四伏。海葵的觸手藏有劇烈刺胞毒，當小丑魚要進入海葵時，會先試探地輕碰海葵的觸手，接著輕輕拉扯，然後再用魚鰭或身體觸碰，重複多次後，最後放大膽量，全身穿梭在海葵的觸手之中。這個被稱為「順應」的動作，在海葵與小丑魚共生的日常中一再重複，有如某種確認家居安全的儀式，小丑魚必須每天勤奮地去搖動海葵的觸手。

小丑魚要生育下一代時，會將卵產在海葵觸手下方的岩石，從卵孵化出的魚仔會先被沖向大海中，待他們變成稚魚之後馬上又會游回海葵的懷裡。所有剛出生的小丑魚都是雄性的，且具有變性能力。小丑魚群中體型最大、最具優勢的雄性最後會變成雌性，第二大的小丑魚則發育出睪丸，牠們會一起產出受精卵，其餘的小丑魚則在一旁，保護著這群寶貴的受精卵寶寶。小丑魚一旦變成雌性，就再也無法變回雄性，如果母魚死去，第二大的小丑魚，則會由雄性變為雌性。所以現實生活中的《海底總動員》，並不會有喪偶的父親尋找兒子的戲碼，喪偶的父親會變成雌性，代替了媽媽的位置。

柔伊聽著安谷這一長串的解釋，心思又被一個單字給攫住了，「False」，假的。柔伊看著這名為「False」的小丑魚，看著這座擬仿海洋的水族箱，再看看手中剛剛投注的彩券感熱紙，一時失去了共有的話語。她看著其中一隻小丑魚，用腦袋不斷地敲擊玻璃缸，開闔嘴巴對她說，你以為你的世界就是真的嗎？

「你以為你的世界就是真的嗎？說不定我們其實只是在一座更大的水族箱裡。」安谷說。

最近，安谷總是說一些讓柔伊感到莫名其妙的話語。在學校裡，他開始什麼也不做，就只是坐在電腦前，盯著螢幕中「NASA Live」的影像。影片中是此刻從國際太空站回望地球的畫面，有時還可以看見在上頭工作的太空人。太空人緩慢地工作著，地球的雲層也凝結一般彷彿不曾流動，而螢幕右側則是一排快速流動的文字，來自世界各地的人，用不同的語言在上頭留下訊息。恍若一輛一輛快速駛過月台的列車，柔伊在上頭看見了安谷的帳號，他轉貼了一首詩，「天上的星星／為何／像人群一般的擁擠呢／地上的人們／為何／又星星一樣的疏遠」。安谷試圖傳遞到遙遠彼端的訊息，從此像把鈍重的鐵鎚，在玻璃缸上敲出看不見的裂縫，讓柔伊往後在看彩券行的水族箱時，那裡頭的風景都不似過往迷人了。

二〇一六年二月，日本為探測黑洞發射的hitomi人造衛星，在發射一個月後便失去了訊號，在衛星失聯的地點周遭發現了部分殘骸碎片。作為日本的另一隻眼睛而升空的衛星，究竟去了哪裡，沒有人知道。

失去了「瞳」，二．七三億美元就這樣飛入了太空。但在近期，日本JAXA竟接收到了來自hitomi的短暫訊號。訊號從英仙座星系傳來，一個離地球二．四億光年遙遠的星系，在這個星系中心有一個高質量黑洞，星系周圍充滿劇烈活動的氣體，但是hitomi傳回來的訊息卻異常的沉寂，就好像它是停駐在這座擾攘星系中的一片寧靜綠洲一般。

柔伊看到這則新聞後相當興奮地傳給安谷看。hitomi為何溢出軌道？它又如何在一座劇烈擾動的星系中找到那片安寧綠洲？而又為何獨獨為我們捎來這樣一個片段訊號呢？柔伊有太多問題想問，但面對柔伊的詢問，安谷只是沉默著。

安谷騎著單車，後座載著柔伊。晚餐過後的小島上，除了燈塔的光線外，道路一片漆黑。單車的車燈虛弱地照著前方的道路，柔伊想安谷大概想出來透透氣，吹吹海風。但她漸漸感覺到不對勁，因為在他們前方約一百公尺外，還有一輛單車在黑暗中緩慢移動，騎乘者是個成年男子的身型，略駝著背。安谷控制的單車，時快時慢，總是和前方單車保持一定的距離，有時又突然彎進路旁小巷。

「你在幹嘛？」柔伊抓著椅墊，感到不安。

「噓，不要說話。」安谷的聲音令柔伊感到很陌生。

前方單車在一間雜貨店前停了下來，那男人下車後彎進一旁的防火巷裡，沒隔多久他就出來了，但他的姿勢卻有些怪異。他用雙手高舉一張報紙，像在遮掩什麼一樣，倒退著走出來，就這樣一路護送那個「什麼」坐上單車後座，再將報紙收好放在前方車籃上。這時柔伊認出了，那個男人，就是安谷的父親。

「你到底在幹嘛？」柔伊用力地拉著安谷的衣角。

安谷什麼也不說，隨著他父親跨坐上單車，他也趕緊要柔伊坐上車，尾隨在後。

此時，安谷的父親踩踏單車的模樣略顯吃力，有時他會將屁股抬離座墊，用力地以站姿騎乘，有些上坡路段他甚至會下來推車。就這樣折騰了一陣子，他們來到了虎頭山腳下的日軍砲兵房。那裡除了軟爛的木棧平台之外，其餘什麼也沒有。他的父親停妥單車，又將報紙攤開，護送後座的「什麼」走上木棧平台，接著將報紙攤平放在地上，身體坐在半面的報紙上，一手則撐在報紙的另外一端上。

遠處燈塔奮力地在海面上搖動光亮，海面閃著光，吹來的風很冷，安谷的父親坐在平台上，仰臉看星星。此時柔伊已經冷得牙齒打顫，安谷拉著她坐上單車後座，她以為安谷要載她回家，沒想到他又騎回了剛才他父親停車的那間雜貨店。這間雜貨店的女主人，柔伊也認識，幾年前過世了，但她的子女從未回到島上來整理她的遺物。透過玻璃窗，可以看見裡頭貨架上還有零星幾件未販售出去的商品。而店面前的一整排盆栽植物都生長得很好，看得出雜草剛被拔除，還有碎蛋殼撒在上頭。讓人感覺，這間店面的主人只是暫時出了一趟遠門而已。安谷走進一旁防火巷，那是一條僅能一人通行的水溝路，除了雜貨店堆積的過期報紙之外，空無一物。

柔伊花了一個禮拜的時間流鼻涕、咳嗽，她沒有再問安谷當天的事。安谷的父親每天晚上都像那日一樣騎車出門，在這座島上早已不是新聞了，只是除了安谷與柔伊之外，沒有人知道他去了哪裡。

枕邊人每晚固定消失，安谷的母親雖隻字不問，不會喝酒的她卻開始挖出家中釀製多年的水果酒，每晚一邊喝酒一邊在水族箱前的長桌玩鋪克牌。她每日恍恍惚惚，連米飯餿了也沒有察覺，仍舊一遍一遍地溫熱它。安谷面對父親與母親的轉變，同樣的一個字也不說。他們家中的沉默，就像那座巨大的水族箱一樣，除了機器持續規律地發出悶響之外，小丑魚仍舊每日沉默地碰觸海葵有毒的觸角。

安谷的父親白天時仍舊如常地照看彩券行，每當有人問他晚上去了哪裡，他只搖頭說不知道。有次柔伊在看水族箱時，被安谷的父親叫了過去。他對柔伊說：「你如果每天都來幫你爸爸買彩券，有一天一定會中頭獎的。」柔伊心想這是什麼鬼話。「你聽過『輸家全拿』嗎？關鍵在於要一直賭下去，不能放棄，有一天你就會翻盤變成贏家，拿回過去所有付出的籌碼。」安谷的父親繼續說。

「以前你阿公過世時，有個算命仙來幫忙看墓地方位，看到了一塊龍脈，但你阿公命格裡無法擁有這塊龍脈，算命仙建議他做一個假的墓碑立在上頭，再將你阿公的墓設在一旁。你不知道吧？有一塊墓地，墓碑上寫的是你爸爸的名字，就在你阿公的墓旁邊。」柔伊感覺血液都凍結在血管裡了，她忍不住去猜想安谷父親每晚騎單車護送的到底是什麼，但是仍舊不敢開口詢問。

安谷的父親說他年輕時曾經到另外一座島嶼當兵，在海邊協助管理漁船進出，漁民們總是每日送不同的魚獲給阿兵哥們。不論熱炒、清燙或生吃，他當兵的日子就這樣每天吃著臉盆盛滿的海鮮，每個阿兵哥的皮膚在陽光底下都顯得透亮飽滿。安谷的父親忍不住摸著自己的臉頰，再伸出手掌給柔伊看。他說，以前我的手掌在陽光下看是會透光的，就像水母一樣。妳如果每天也這樣吃海鮮，身體也會慢慢變得透明的。

安谷的父親每日和柔伊說著過往的故事，那故事一個比一個離奇恐怖。有次柔伊為了逃避那故事，乾脆將臉貼在冰涼的水族箱前，專注地盯著裡頭的海葵，假裝沒聽見安谷父親的叫喚。安谷父親叫了幾聲，接著從櫃檯起身，柔伊聽見安谷父親的聲音越來越靠近她，感覺就要伸手拍她的肩膀，她聽見細微的崩裂聲，以為是自己心臟碎裂的聲音。沒想到眼前的水族箱玻璃竟瞬間破裂，水流夾帶碎玻璃嘩嘩地從柔伊的頭頂澆灌而下，在她的臉龐與手臂留下一道道血痕。柔伊低頭伏坐在地，頭髮海菜般濕濡地黏在臉上，一旁地板散落著幾隻小丑魚，扇動魚鰓，在跳另一種形式的妞妞舞。

柔伊被父親接回家後，耳朵持續地疼痛流膿，因延誤治療導致中耳發炎，到本島動過手術後，柔伊已喪失了部分的聽力。有很長一段時間，她不只感覺到聽力漸漸失去，她甚至感覺不到自己的耳朵。每天晚上，安谷父親說的故事總是化為夢境來侵擾她，報紙後方護送的什麼、寫有父親名字的墓碑、透明的手掌、玻璃碎裂、水流從頭頂澆灌而下。

島嶼之內，也有島嶼。

島嶼是時間生成的，島嶼就是時間。安谷的父親仍舊持續他的夜間護送行程，並且更大量的傾吐過往的記憶，但對於當下發生的事情卻很快地遺忘，彷彿他是在另一個時空之中，他自己的島，生活著。安谷的母親沉浸在酒精與撲克牌之中。安谷高中畢業後沒有繼續升學，轉而接下家中的彩券行，繼續販賣彩券給島上的老人們。

在海的漲潮與退潮之間，島嶼呈顯出不同的形狀。如果你仔細觀察岸邊的寄居蟹，你會發現牠們非常喜愛搬家，沒有人知道，寄居蟹為何老是對自己的貝殼不滿意，終其一生都在尋找新的貝殼。每當看見心儀的貝殼，他就會推倒對方，再用自己的貝殼猛力撞擊對方，直到屋主受不了而逃出貝殼為止。

海潮退離島嶼後的岩石海岸，一個個的潮池裸露著。每一個潮池的形狀、大小、深度都不同，裡頭可能有海草、螺貝、魚蝦，岩石縫隙與陰影裡也可能藏著生命。不會游泳的柔伊，在安谷潛水時，總是在岸邊將頭埋進潮池裡，就像現在一樣。對她來說，那就是巨大海洋對她開啟的一扇扇迷你櫥窗。在我們的頭頂上，有無數的眼睛在那裡，有的盡職地睜大眼睛，有的剪斷臍帶飛走了，有的甚至墜落地面。安谷失去了他上升的眼睛，而此刻，柔伊失去了最靈敏的耳朵，她聽不見寄居蟹用殼屋敲擊另一間殼屋的聲響，潮池裡頭也總是安安靜靜的，寧靜的綠洲。當你以為那是宇宙時，那卻可能只是宇宙的碎片或者仿擬而已。在那之上，如果有神，祂拿著放大鏡可能都看不見我們吧。那麼，看得見我們，觸碰不到我們，又無法剪斷隱形臍帶的人造衛星，又是什麼樣的心情呢？柔伊心想，真空無法傳遞孤寂的聲音，不代表孤寂就不存在。

柔伊的家裡還是和往日一樣的光景，家具擺在相同的位置，留下相同的陰影與積塵，只是日曆紙消失了，數字消失了。他的父親再也不差遣她買彩券，甚至不讓她靠近彩券行了。他將日曆紙從家中任何可能的角落裡一一抽出丟棄，轉而開始睡得很多。柔伊看著熟睡的父親，老人斑遍布臉龐與四肢。她摸著父親的臉，沿著斑點的外緣描摹著，她覺得每一個斑點都像一座島嶼，皺紋形成流動的雲，透過衛星的眼睛觀看地球大概就是這樣的風景吧，差別只在於父親這座島上的雲已經慢慢靜止下來了。柔伊發現，原來島嶼的輪廓，是生的輪廓，同時也是死亡的輪廓。

二〇一六年hitomi衛星失蹤，David Bowie去世，而湯姆少校還在他的迷航裡。島嶼裡的每個人都變成了一座島嶼。安谷的水族箱至今仍舊空空蕩蕩，像座廢墟般矗立在彩券行裡。柔伊雖然失去了聽力，但還是有聲音持續在她體內響起。那是David Bowie用不那麼標準的中文唱著：我祝福你，天地不過一剎那。

聖誕老人問卷調查

夏天是越來越勤奮了，一年比一年更盡責地發光發熱。

「妳想當演員嗎？」

當我正在餐廳一邊擦汗一邊啃脆皮炸雞，一張名片伸到我的面前，我用比較不油膩的那隻手接過，那名片上面寫著：台灣聖誕老人公司。

「台灣也有聖誕老人？」我說。

「當然有。」名片先生拉開我對面的椅子坐下來。「之前的聖誕老人去聖誕老人學校攻讀聖誕老人學碩士了，我們需要找一個新的聖誕老人來代班。」

我笑了出來。

「抱歉，我不是在嘲笑你，只是第一次聽到有人一口氣說那麼多個聖誕老人，覺得很有趣。所以你說的演員就是扮演聖誕老人嗎？」我說。

「沒錯。我觀察到妳啃炸雞的樣子很適合扮演聖誕老人。」

這是稱讚嗎？我其實不太清楚。名片先生不等我回應便自顧自地說下去。

台灣聖誕老人公司提供各種聖誕節服務，多樣聖誕禮品線上挑選即可宅配到家；烤火雞、薑餅屋烘焙課程；小小聖誕老人駕雪橇、打雪仗體驗活動；還有包辦到聖誕老人的故鄉——丹麥的旅遊行程。而我的工作主要就是妝扮成聖誕老人，將來參觀的小孩一個一個抱在腿上合照，至於其他業務，拿名片的先生說之後再談。

其他業務聽起來不太妙，而且我的夢想是當一個兒童小說家，希望能寫出讓孩子的眼睛與心靈發光的故事，聖誕老人從來不在我的人生規劃裡，本來想拒絕的，可是拿名片的先生非常誠懇地說我很適合當聖誕老人，而且每天跟小孩相處，或許更可以寫出發光的兒童小說，離我的夢想更進一步，我被他說服了。

冬天一到，我就開始上班。當聖誕老人可真不簡單，每天我得花半個小時裝扮。首先，穿上一層又一層的棉襖，讓肚子與身軀豐滿起來，再套上紅色天鵝絨套裝，可不能用氣球塞在衣服裡，因為小孩們喜歡肚子戳起來軟綿綿的感覺。由於肚子太大無法彎腰，必須麻煩同事幫我套上巨大的黑色靴子，雖然很不好意思，但這也是沒辦法的事。接著黏上鬍子，關於這部分我抗議了好幾次，因為畢竟我扮演的是聖誕老婆婆，究竟為何會長出鬍子呢？但因為小孩喜歡拉鬍子以確認真假，所以還是必須黏上。戴上純白色假髮與紅色聖誕帽，最後再戴上圓框眼鏡，眼鏡必須準確地戴在鼻樑中間，要掉不掉的樣子，這樣就大功告成了。

我的工作場所在聖誕小屋的正廳，小孩只要一進門，就會看到我坐在木椅上。我的身後是一個巨大的液晶螢幕，播放爐火搖曳、嗶啵作響的影片，如此一來公司就解決了煙囪排氣的問題。而一旁的聖誕樹下，則擺滿大小不一的裝飾禮物箱。整個空間以紅、綠色調為主，這讓我每天下班，看見紅綠燈時，總覺得城市裡的每個街道都在慶祝聖誕節。為何在台灣這樣的亞熱帶國家，不論何種宗教信仰的人，都很喜歡過聖誕節？我想，世界上大概只有火雞不喜歡聖誕節吧。

小孩一進門總興奮地圍住我，戳我的肥肚，拉我的鬍子，有時候會痛，但還是得用低沉的嗓音「厚厚厚」地大笑幾聲。打過招呼後，我會教唱幾首聖誕歌曲。所有歌曲當中，我最喜歡的一首是由王金選老師作詞的台語版〈Jingle Bells〉：

北風呼呼吹，誰人對遮過，聖誕老阿伯，禮物揹一大袋；
也有運動鞋，也有尪仔冊，也有糖仔佮番麥實在有夠濟。
緊來提，緊來提，一人有一個；
樓頂樓腳厝邊頭尾，大家歡喜做伙，

也唱歌，也泡茶，也有講笑詼；
尚重要的就愛感謝，聖誕老阿伯。

我喜歡把最後一句唱成：「尚重要的就愛感謝，聖誕老阿婆」，畢竟這個世界上的聖誕老人有各種性別啊。

歌曲唱完，接下來就是手作教學時間，我要教小朋友們做各種聖誕節裝飾品。其中我最喜歡的就是做「松果聖誕樹」，只要將染成綠色的松果倒過來，放在圈成圓形的瓦楞紙上，再噴上一點雪花劑就完成了。雖然我知道松科植物是用來做聖誕樹的主要樹種，但沒想到松果倒立會跟聖誕樹這麼相像，不管做幾次都讓人覺得很不可思議。

小朋友們拿著作品，一個一個坐在我的大腿上拍照，我的工作就算完整結束了。假日時，抱上百個小孩在腿上拍照都有可能，回家後腿又痠又麻，老闆告訴我：「等有一天腿不痠，妳就是專業的聖誕老人了。」我沒想過有一天，自己不是成為專業兒童小說家，而是專業聖誕老人，但專業兩個字聽起來還不賴。非假日，小孩來得少，我就趁著沒客人的時間鑽研聖誕老人相關知識，因為小孩的提問五花八門，若回答不出來，可是會被家長投訴的。

一開始我以為用腳趾頭的想像力就可以把聖誕老人的故事說完：聖誕老人的故鄉在北國雪地，每年聖誕節，他老人家就會坐上馴鹿拉的雪橇，給聽話的好孩子送禮物。

但事情可沒那麼簡單。

有一座位在芬蘭的山叫「耳朵山」，那山就是長成像耳朵的形狀，傳說那裡是聖誕老人的故鄉，小孩不管是要發脾氣抱怨大人送的聖誕襪太難看，還是希望今年聖誕節能收到一輛腳踏車，只要對著耳朵山說話，都可以讓聖誕老人聽到。一九九五年，當時的聯合國祕書長還將給聖誕老人的賀卡寄到了耳朵山所在的村落，讓村落裡的人相當開心，驕傲地說：「我們的聖誕老人可是聯合國認證的呢。」

其實聖誕老人的故鄉到底在哪裡，各國的聖誕老人們爭論了好久，終於在第四十屆聖誕老人大會上有了定論。來自丹麥屬地格陵蘭島的聖誕老人說：「聖誕老人最重要的夥伴——馴鹿，你們難道不知道嗎？我們格陵蘭島上的馴鹿可是比人還多呢，而且我們有將近百分之八十一的土地都被冰雪覆蓋。」該屆大會主席於是宣布：「聖誕老人來自格陵蘭島。」不過這個結果，被聯合國認證的芬蘭耳朵山居民們可不服氣，紛紛表示不同意大會所宣布的結果。

越鑽研聖誕老人相關知識，越覺得自己懂得太少，根本稱不上專業。於是，我向公司提出申請，想利用暑假，去世界聖誕老人大會增廣見聞。

聖誕老人大會每年夏季在丹麥的哥本哈根舉辦，除了不服氣的芬蘭外，世界各國的聖誕老人都會聚在一起。三天的聖誕大會舉辦各種活動：為當地小孩發送糖果；爬煙囪、駕雪橇比賽；各種聖誕老人化妝、保養鬍子的工作坊，更重要的是，討論聖誕老人國際議題，比如規範煙囪寬度，防止聖誕老人下滑時被卡住；對聖誕老人的體重進行規範等等。

我事前準備了各種聖誕老人相關問題，製成問卷帶到會場做調查。

調查結果，聖誕老人平均年齡：六三．五歲，最年長的九十四歲，最年輕的二十九歲。平均體重：一一四公斤，最輕的六十公斤，最重的二〇〇公斤。百分之六十七曾被拉過鬍子；百分之四十二曾被戳過肚子；百分之三十一曾有小朋友坐在身上時尿褲子。最喜歡的點心是巧克力片，最受歡迎的聖誕歌曲是〈聖誕老人進城來〉。很可惜都沒人聽過台語版的〈Jingle Bells〉，雖然很不好意思，但我還是在各國聖誕老人面前演唱了一遍。

有了這份問卷調查，讓我回國後在工作上更有自信，我告訴小朋友：「有什麼問題都可以問我喔，如果我不知道，我也可以幫你寫信去請教世界各地的聖誕老人，因為我們都是好朋友。」

有一次，到了拍照時間，一個小女孩坐在我的腿上，兩手縮成貝殼狀握在嘴邊，靠近我的耳朵，輕聲地問：「世界上真的有聖誕老人嗎？」那聲音清晰地像在對整座耳朵山提問。我低頭注視她的眼睛，說：「真的有。」我看見她眼睛裡的螢火蟲飛了起來。她從我的膝頭跳下，像隻惹人疼的小白兔，蹦蹦蹦地跳走了。我相信，她身體裡那顆小小的心臟，此刻也正閃閃地亮著。原來，世界上除了兒童小說，也有很多事情可以讓孩子的眼睛與心靈亮起了，我想，我找到了那個開關。

想想看，這世界上如果沒有聖誕老人會有多無聊。我在世界聖誕老人大會上見到來自各國的聖誕老人，有男有女；有胖有瘦；有溫和慈祥也有脾氣古怪的；有愛吃糖霜餅乾，也有愛喝熱可可的；有的聖誕老人甚至有經營個人臉書粉絲專頁，總之是怎麼樣的聖誕老人都有啊。

「世界上真的有聖誕老人嗎？」

這真是對世界最棒的提問了。我決定把它列在問卷調查的第一個問題，明年帶到世界聖誕老人大會上，問每一個我所遇見的聖誕老人。

三間屋

寶珠說要約在海邊見面，阿宗本是極度不願意的。從那次海上意外回到岸上後，阿宗就在心裡暗暗發誓從此不再討海了，他想離海遠遠的，總覺得與海有關的一切都像是一種不祥的警示，使他虛弱疲軟，如餌鉤上扭動的蚯蚓。

當初阿宗和阿守、王德華三人合資買了一艘舊漁船，船上只有基本魚具，連無線電或拉滴歐都沒有就出海了。本欲出海放鯊魚棍，孰料討海逾四十年，最終換來椎間盤突出的阿守看了浪象，說了句：「今天風勁透，丁挽可能會浮起來。」出海前才喝了一手啤酒的阿宗便躍躍欲試，一邊放棍一邊緊緊盯著海面。

當看見那鐮刀樣的尾鰭切開海面出現時，阿宗大喊一聲：「紅仔！」阿守只當他是趁著酒氣在說混帳話。但當阿宗伏低身子爬上鏢頭時，阿守便真的看到了那尾鰭在船隻右前方切水前行，遂爬上鏢頭，站在阿宗身後，右手平伸打出手勢要擔任舵手的王德華將船首偏往右前方追魚，既而要他放慢速度。那王德華原是軍官退休，閒著無事來討海的，掌舵並不熟練，阿守急得轉頭對他大吼要他放慢船速：「幹！駛卡慢仔啦！」

在阿宗聽來，阿守的嘶吼聲都融在引擎聲裡了，聽不清是要他等待還是要他放鏢，此時一道青藍出現，阿宗便毫不猶豫舉起三叉魚鏢用力刺向那青藍。魚身吃痛，拖著鏢繩直往海底竄去，阿守感覺那魚似要報復般往船底渦輪游去，趕緊要王德華將船隻熄火，以防渦輪將鏢繩切斷。拉扯了近十五分鐘，三人才合力將旗魚拉上船。

拚命將旗魚拉上船後，阿守撿起一根木棍使勁地敲擊魚頭，一邊咒罵著：「幹！叫來！你祖公祖母攏叫來！」旗魚的背鰭在離開海水時已由青藍轉為墨藍，而此時卻瞬間變成亮寶藍色，隨即淡去轉成深沉無星的黑夜。只一瞬，阿宗感覺那旗魚好似將手掌伸進他的體內，用力扭緊他的心臟，要他身上所有神經吃痛，卻無法開口求救。

旗魚死絕了，船也失去一切動力。鏢中旗魚的欣喜持續沒多久，三人便發現船隻無法順利發動，因為剛才王德華熄火時，連帶放光了汽缸裡所有的氣體，因而引擎無法啟動。船上通訊器材，一應全無，三人只能被動等待救援。船碇已放入海，船隻還是從花蓮紙漿廠外海一路往大港口方向漂去。

阿宗無力回到船艙內，不，他根本不想進去。裡頭阿守一邊用髒話咒罵著，一邊跪在媽祖面前，祈求庇佑；王德華的妻子是極力反對他出海的，昨天出發前吵了一架，而現在，他去睡覺了，「我睡一會兒，一會兒就好了」他說。

阿宗找了條繩子，將自己綁在甲板船舷旁，頂著雨，雙手平伸兩側抓著船舷欄杆，他沒有信心，但也只能陪著船隻漂流，等待救援。遠處花蓮白燈塔一直被海浪擊打著，船隻隨海浪起伏，白燈塔一會兒在阿宗腳下，一會兒又在阿宗頭頂上方。阿宗緊盯著燈塔，耐心地等待某種類似神諭的啟示注入他的心中，但沒有，進入他心中的只有虛空而已。旗魚躺在阿宗身旁，持續發黑，即使死去，那黑色圓眼依舊像舉著拳頭般瞪視著阿宗。是他，這個討海不滿一個月的海上新手鏢中了牠，或許旗魚覺得受辱地戰敗了。

儘管全身濕透，阿宗並不覺得寒冷。他鏢中旗魚，僅憑鏢臺上黏著的兩隻拖鞋支撐身體，傾身向前，雙手舉起二十公斤重的鏢槍，用力刺進海的身體裡，他還能清晰記得鏢槍滑出手掌的速度，以及罵出髒話時胸口湧出的力量。曾經，他為自己從未暈船，在船上可以輕易站穩的身體感到自豪，而此刻他感覺所有的不適由體內不斷湧出，使他持續膨脹臃腫。旗魚那黑色圓眼彷彿嵌進了阿宗體內，由內向外用力出拳，悶悶地、無聲地，阿宗沉默地挨著痛，一次又一次。

他轉頭望向艙內的媽祖神像，感覺此刻媽祖的臉色就如同那尾旗魚一樣黑，帶給他的不是安慰，而是惘惘的威脅。阿宗忍不住回想：「過去有一個青瞑仔算命仙說我會呷到百二，我若真是一個歹失德的人，好歹折半也可以呷到五、六十，但是今嘛我才二十出頭而已啊。」

這種數學命題讓阿宗開始感到頭痛，他想起小學運動會時，賽跑項目他總是跑最快，可是在終點線前約二十公尺處，會有一塊小黑板立在跑道上，必須正確解開上頭的數學題目才可繼續往前跑，那道題目他從未沒解開過。所以，每一次的運動會，他總是跑在最前頭，總是在黑板前止步，總是解不開那道數學題目，只能呆立在那兒，看著終點處那個他此生永遠無法迎上去的勝利彩帶，被其他同學奔馳的身體撕斷。回過頭看起跑點時，他也還是無法理解，自己出發時不是賣力地跑在最前頭嗎？

獲救回到岸上後，沒有人相信是他鏢中旗魚的。在海上漂流時只一股勁沒了明日的想著，可現在明日又重新回到他的生命中，他竟不知該如何是好。阿宗覺得自己徹底地失敗了，他是清楚地看見自己的軟弱了，他知道他無法在海上用生命跟生命搏鬥，甚至絕望地想著，在真正的勝利前方，總會有那一塊黑板，寫著他永遠解不開的命題，那命題阻擋他，要他呆立在此，如一艘離岸漂流，無法靠岸的孤舟。

阿宗標中了旗魚，但是他失敗了。他沉默地離開漁港，在心裡暗暗發誓從此不再討海了，他海上的人生隨著那尾旗魚的死去就已經結束了。海的一切讓他難受，在海的身旁，海會用浪潮湧動的聲音，彷彿來自冥界的聲音，告訴他關於死亡的話語。

而那旗魚背上閃現的亮寶藍色從此便住進阿宗的夢裡，夢境空無一物，除了那個顏色。夢不應該是無色的嗎？阿宗心想。但沒有用的，那亮寶藍色佔領了夢的一切領地，持續發著駭人的光亮。

但是寶珠說要在海邊見面，阿宗終於還是來了。

寶珠是私娼寮的小姐，阿宗當時沒有工作，到私娼寮幫忙看門把風、介紹小姐給客人。寶珠接客時，阿宗會靠在門邊聽著寶珠的喘息聲，那喘息聲是寶珠在跟自己做愛時不一樣的聲音。她說接客時，她總是幻想各種各樣的事，來讓陰道濕濡，「陰道如果不濕濡的話，我會受傷的。」寶珠說。阿宗問她幻想什麼事情，她不肯說。阿宗知道他會娶她的，寶珠或許也知道。

有個來找寶珠的客人，是一位到台北讀大學的在地青年，每次返鄉一定會來找寶珠。完事後青年總會坐在床沿，一邊抽菸一邊跟寶珠說台北的地景、人事、最近上映的電影。寶珠從沒去過台北，也沒看過電影，聽著時總是既羨慕又自憐，想著自己何時才能到那樣的遠方去。還好，青年帶來的書籍能帶給她許多安慰，每次青年都會帶書來送給她，大多是羅曼史通俗小說，每次看完，寶珠就會將書送給阿宗，但從不過問阿宗是不是有看書的內容。

阿宗離開前向寶珠借了十萬塊，他料定寶珠沒有，因為客人偶爾會塞小費給她，但十萬塊是一筆很大的金額。可是過沒幾天，寶珠拿了一張十萬塊的乙種支票給他，她不說哪裡弄來的。這大便紙一樣的鈔票換得到錢嗎，阿宗心裡很懷疑，但他終是換到了錢，和阿守、王德華合資買了一艘舊漁船，船首側身漆著三個黑字——協慶號，字身斑駁難以辨識。

旗魚賣得的錢，阿宗又是賭博又是喝酒，早已所剩無幾，他擔心寶珠會向他問錢的事情，他沒有錢可以還她。可是寶珠來時只是坐在海邊礫石灘上，不發一語。她身上有新的瘀傷，左側臉頰的大片胎記，在垂落的長髮間隙中時隱時現，海風吹起，那胎記就整個顯現了，深褐色不均勻地爬滿半邊臉頰，寶珠非常在意，伸手壓著頭髮，不讓胎記顯現出來。

沉默覆蓋著阿宗與寶珠，他們只是並排坐在礫石灘上，面向海洋。天色漸漸暗去，阿宗知道寶珠不想離去，有些不安，但仍靜靜地陪伴著。漸漸的，睡意就像海浪般一道道地襲來，意識不斷地下沉、下沉……。

這次阿宗的夢不是寶藍色的，而是綠色的；不再有駭人的光亮，而是有著柔和溫暖的橘紅色光線。在夢裡，阿宗俯瞰著一座村莊，這座村莊只有三間素樸的磚瓦平房，散落在濃密的綠林之中，林子充滿著綠的層次色彩，中間有一條蜿蜒的小河流過，河流小小淺淺的，河岸邊有一個穿著白色長洋裝的女子，裙擺隨微風輕輕側向一邊擺動，女子的長髮也隨風擺動，她的左側臉頰有胎記，在髮的間隙中時隱時現。這畫面讓阿宗心裡燃起火一般溫熱的感受，忍不住出聲呼喚那女子，女子聞聲仰起臉孔之際，那胎記便完整顯現在阿宗面前。那胎記，是亮寶藍色的。阿宗一時驚駭地說不出話來，感覺嘴裡全是鹹苦的味道。

阿宗醒來時，海水已漫漲上岸，他全身衣褲已被海水浸濕，恍惚間阿宗以為自己又再一次回到在海上漂流的協慶號上，頂著雨，抓著欄杆，等待救援。他抓著虛構的欄杆，漸漸從意識的海洋中穩過神來，四周一片霧亮。

此刻阿宗身邊只有寶珠的繡花布鞋、手提包跟一本小書，那小書是王尚義的《野鴿子的黃昏》，書身已被海水浸濕。這是阿宗唯一看過的一本書，在看到王尚義寫到自己打工時，一位婦人如何向他丟擲銅板，那銅板如何滾落地面，如何的嘲笑他時，阿宗記得自己感到酸楚地流下淚來。

阿宗將書翻到背面，那上頭寫著幾行小字：「像那山忘記那雲，像那樹忘記那風，像那橋忘記那水底幽情。明天的路上，有水、有雲、有風。讓生命在今天沈默吧。」

阿宗抬頭發現四周空無一人，寶珠呢？寶珠不見了。

未完成青春期

再看到博偉已是十年後的事了。在鳥人的婚禮上。

會場選在港口旁展覽館，席開目測至少八十桌，禮台上擺著六層蛋糕與堆疊成金字塔形狀的玻璃酒杯，一旁有國樂團正在調音。一進會場，人聲如浪般襲來，似要將人淹沒。我必須對著收禮金人的耳朵大吼我的名字他才聽得清楚，此時主持人又拿著麥克風不停地指揮婚禮步驟。

因為是純男校的緣故，我原以為同桌不會有異性，誰知大夥都帶了女朋友來，除了我之外。我看著這些老同學們，有些我甚至連名字都忘記了。大家這幾年來分散於不同的大學、研究所，工作後更是很少聯絡，如今擠在同桌吃飯，倒有些不自在，竟一時不知該說些什麼。我沒有女伴可以說話，低頭看了手錶，已超過婚宴表定時間半個小時，博偉還是沒有出現。

幸虧老扶打破了沉默，像個主持人般，一個個詢問同學在哪高就。這時我才發現班上同學工作的性質竟如此類似，大多是理工科系研究所出生，畢業後在科技公司擔任工程師。每個人只要報出公司名稱，大夥就是一陣欣羨的呼聲。而在一陣欣羨的呼聲過後，當事人都會一致地摸摸自己的後腦勺，害羞地說道：「沒有啦，哪那麼好。」接著便是一長串的抱怨：天天加班沒有個人時間；健康檢查肝指數如何飆升；要解約還要多久、要賠多少達約金。

我觀察到每個人在談論自己時，總有意無意地將左手支在下巴，或像是在調整角度般扭動自己的手錶。機械錶亮晃晃的，仔細一看，都是叫得出名字的大品牌，且款式都是該品牌辨識度最高的經典款。大夥一股熱地談論工作時，女伴就被晾在一旁了，彷若各自穿來的西裝外套，此時皆已脫下掛在椅背上。在談到旅遊話題時，才彷彿感覺有些寒意，回頭尋找掛在椅背上的外套似的邀女友談談兩人去過的城市。我看了看手錶，表定時間已過了一個小時，此時典禮方才開始，新郎新娘正待入場時，博偉才匆匆出現，微駝著背、壓低身子，像在說著不好意思般小跑步進來，坐在我正對面的位置上。

新郎入場，一身正裝、機師帽與雷朋眼鏡。一進場，便舉起拳頭，朝空一揮，像示威般朝著賓客「喝」地低吼一聲，說道：「我現在考上華航機師，美國受訓結束後，已經正式上線，對我來說就像開汽車一樣簡單。現在娶了正妹空姐，你們這群魯蛇，看看我這就叫人生勝利組。」下巴抬的老高，微聳著肩，惹的賓客一陣哄笑。這鳥人的個性，十年來真是都沒變啊。

接著新娘入場，一身純白低胸皇家拖尾禮服，眾人拍手之際，主持人尖聲要大家注意新娘胸前全是施華洛世奇的水晶綴飾。新娘那裙擺拖尾至少超過一百八十公分，裡頭躲了一個成年人大概都不會有人發現。兩名穿著黑色褲裝的工作人員，蹲在紅毯兩側，在新娘行進時，一面扯動裙襬拖尾，使它能平順地貼符地面，隨著新娘前進。一旁挽著新娘的父親，則以不協調的節奏感邁步，面容僵硬困窘。

當眾人都被新娘的美所吸引時，我則是緊盯著博偉。當他入座時，簡單向同桌的大夥打聲招呼，眼神卻刻意略過我。十年不見，我幾乎快要認不出他來了。當初他轉學到我們班上時，可是引起了一陣不小的轟動。身材高瘦，卻非常精實；帶雙眼皮的眼睛如此清亮，像每日早晨騎單車上學時面向的朝陽；濃眉帶鋒，微捲的頭髮有股隨興的自在感；笑時總慣性的低頭，摸一下鼻頭，露出上排八顆整齊的牙齒，既爽朗又害羞的自我介紹：

「我喜歡打籃球。」

我從沒看過能將有成高中制服穿得如此帥氣的人，不過只是尋常的白衣黑褲，穿在他身上，全然沒有不合身的傻氣感。隔壁女中有一群女孩子，天天來看他打球，像電線桿上成列的麻雀，坐在圍牆上，不時低頭私語竊笑。正值青春期的女孩，裙子好像永遠追不上身高抽長的速度，日日向腰際撤守。個個畫的都是時下流行的韓系妝容：白膚底、粗平眉、桃紅色唇膏，長直髮搭配眉上短瀏海。

我之所以能看得如此仔細，是因為我也天天出現在球場周圍。籃球場上，一群塊頭大的男生，渾身汗濕，在球場中如貼身肉搏般吆喝碰撞；環繞球場的跑道上，一群人如推石磨的傻驢一般，循著固定方向跑著，不管哪一種運動我都不喜歡。可是有一天看到博偉單手抱著籃球往球場走去，不知為何，我竟也換上運動鞋走上操場跑道，一圈一圈地跑著，直到球場的人都散去。

在車棚牽腳踏車時，博偉也在那。「他家就是濱海路阿菊麵店旁的早餐店。」這是我聽到那群坐在圍牆上的女孩說的。「那跟我家是完全相反的方向啊。」當我一邊這樣想時，一回神發現自己已經和博偉兩人往濱海路並排騎去。汗濕的襯衫黏在身上，映現出他胸膛與背脊硬挺的輪廓，我們一路上拉拉雜雜地聊著，聊漫畫灌籃高中、電玩魔獸世界、京極夏彥的妖怪推理、夏宇的詩、黃小楨的新專輯……。

從此我們便以一種奇特的方式相處著，在學校幾乎不交談，放學後各自慢跑、打球，一起騎車往博偉家，我再循原路回自己家。整日未說的話在一條路上一口氣說完，回到家後我便疲倦地再不想說更多話了，爸媽只當我是學校課業沉重，倒也不以為意。

回過神來發現自己坐在婚宴場中竟有些恍惚，定睛一看，新人與雙方父母已走上舞台。工作人員將會場左側的窗簾布幕全數拉開，燈光熄滅，場內一片漆黑，映現在眾人面前的是大片落地窗後的港口夜景。今天日子正好，一輪滿月高掛天際，月光碎裂、蕩漾在海面上，此時賓客都拍起手來了。

當燈光再亮起時，刺痛了眾人的眼睛。怎麼如今博偉的背竟駝的如此嚴重，向後梳的頭髮露出高聳的額頭，體態不似過去精實，充滿皺褶的襯衫也遮不住凸出的肚子，還有那眼睛裡的朝陽早已落下，笑時露出的八顆牙齒仍舊整齊，只是變成褐色的了。此時每個人面前是一小盅的魚翅羹，大家專注低頭吃得起勁，會場人聲漸稀，陶瓷湯匙與盅碗的碰撞聲，似對話般來回震盪，清脆響亮。我沒有胃口，那褐色牙齒、那盅裡的魚翅，我眼前的一切，包含博偉，似都蒙上了同一種色彩。

「擅長遺忘的人可真他媽的幸福啊。」我在心裡冷冷地想著。

青春期的男生，好像一張A片就可填滿所有身心變化後的無所適從、空缺與失落。三個大男孩，坐在教室最後排的位子，看著手機螢幕上交疊抽插的兩個裸體，扶著自己初成熟的陽具不停搓揉抽動著。在炎夏令人昏睡的午間，陽光穿過鳳凰樹的葉隙，碎裂一地的光亮在紅土跑道上，遠處熱氣蒸騰出虛幻的水窪，有蟬的鳴叫響徹整座校園。

那場午間自慰悄悄落幕後，男孩臉頰上殘餘的紅潮，下午上課的女老師只當是溽暑蒸曬出來的。空氣中有股鹹腥的味道瀰漫著，女老師繼續講解完成式與完成進行式的差異。

夏日本該如此結束的。但該死的是，當天坦克竟在一旁偷偷錄影，再上傳到無名網站。隔天校園內的氣氛竟比外頭的暑氣更為蒸騰，學生彷彿甦醒的春蟲，各個顯現新生般的傻瓜神采，睜著清亮、好奇的眼睛，彼此交換曖昧的笑容。記者被擋在校門外頭，老師們臉上都是嚴肅不耐的表情。

我們的班導師是一位剛從師範大學畢業的男生，年紀跟我們差不了多少，氣得渾身脹紅，對著全班同學大聲咆哮：「畜生！你們根本就是野獸！」那震怒彷彿目睹人類文明的瓦解，這些獸類在他面前吹熄地球唯一一根火苗，而世界將永遠墮入黑暗之中。

「是誰做的？」

他在黑暗中試圖以聲響重燃火苗，奪回光亮。

「誰帶頭的？」

彷彿他是世間唯一的智者，企圖為羔羊指引方向。

「我再問一次，誰帶頭的？」

黑暗吞噬一切，他的手上其實無燈。

「是曾岳霖帶頭的。」這句話是坦克說的。

動物兇猛，而碎裂在水面上的光亮即將成為真的眼睛。

怎麼可能是我，我那時根本不在教室，每天中午我都在為校園話劇排練，老師是知道的。我在等待，但沒有任何人說話，我第一次感受到原來這就是真正的沉默啊，外頭的蟬鳴意欲撕裂耳膜般瘋狂地叫著。老師大大吐出一口氣，彷彿完成為世間重燃火苗的壯舉。而為了光明的尋回，我們需要一場慶典。

老師驅趕我們，如驅趕獸類。他要我們繞著操場一圈一圈地跑著，跑到精力耗盡為止。推著石磨的蠢驢，整個夏季，我們一邊揮汗、一邊跑著，而我的石磨則是比其他人更沉重千萬倍的。

如何辯駁自己的清白都是無用的，我被記了一支大過，逐出劇團，時常被叫到訓導處或輔導室進行所謂「思想淨化」，其實都是冗長無意義的道德勸說。當我回到教室時，可以明顯感覺到氣氛的改變、眼神的漂移與傳遞、話語哽在喉頭。整個教室如同一顆巨大的泡泡，那裡頭藏著的是真正的理解，是你知我知的事實，但是沒有人戳破，只努力以最大距離疏離彼此，盡力避免碰到泡泡那脆弱的表象。

如此荒謬。那泡泡關於我，脆弱、一戳即破，而我的指頭卻是不具有力量的，只能被動等待他人一個輕易的善舉，但不論我如何用盡全身的力量嘶吼，那聲音都進不到任何人的心裡，回應我的永遠都只有沉默而已。

下課若不想待在教室，唯一能遠離人群的地方只有廁所。我將自己鎖在窄仄的空間裡，坐在馬桶上，看著垃圾桶滿溢出來的衛生紙、牆壁上黏著的口香糖，聽著他人排尿的聲音，混雜著腥臭與消毒水味。只有在這裡，才能獲得暫時的空白，稍稍將碎裂的自我拼湊完整。

那陣子我常做同一個夢。夢中只有一座電梯，不知為何，我直覺肯定這座電梯選定了我。我走進去，門在身後關閉，電梯隨即三百六十度旋轉，我在裡頭被不斷地拋擲、翻轉著。我曾在遊樂園坐過體驗離心力的機器，在夢境的電梯裡頭，也是同樣的感受，世界賣力地翻轉天地，好像正在墜落，但永遠不會落地。

頭幾次作夢時我非常慌張，想逃出電梯，醒來時冷汗浸濕內衣褲。但隨著夢境出現的頻率越來越頻繁，我也漸漸習慣了。當電梯門在我面前打開，我就毅然地走進去，隨之三百六十度翻轉。我不再心慌冒汗，反之則是耐心的等待夢境的結束。

其實我根本不在意，我知道自己可以安靜地度過高中最後一個夏季。坦克是為了替自己上傳影片開脫，而對這種人，你根本什麼都不必做，你只要一直看著他的眼睛，他就會心虛地避開了。那眼神中閃爍的惶恐不安，其實是他知道自己做錯了，但根本沒有勇氣承認。而那三位主事者，則是有一張安全網可以降落，倒也不必在意是誰在上頭接子彈了。

真正讓我感到受傷的只有一件事。

每天放學，我還是陪博偉回家，再循原路回自己家。我知道他是那三位主事者的其中之一，我們彼此都避免談論這件事情，但自從事件發生後，我可以明顯感覺到我們之間有一種冷。我不在意他沒有為我辯白，那很正常，我們在學校根本不交談的，沒有人知道我們每日放學後親密、急切、幾乎不留言語縫隙的交談著。只是看似一樣的談天，他的回答都像是在應付般，一點溫度都沒有，也不主動拋話題、說自己的想法。那樣的冷劃開的距離，真正讓我感到難過。我不知道那種冷所謂何來，也沒開口問過。高中畢業後我們就從此不再連絡了。

「博偉，怎麼在發呆啊？換你啦，你現在在做什麼工作？」老扶這時將話題引向博偉。博偉抬頭發現我的眼睛緊咬著他，似乎有些驚訝。

「我研發替代役結束後，現在跟一群朋友自己開了一間研發公司。」他說。「我今天有帶產品來，你們可以看看，這新產品是輕量化長效行動電源，長程旅途在外很方便，只要摸外殼就會顯示出剩餘電量。」

「看來很不錯，我先跟你訂十個啦。」老扶說。

「自己同學當然是用送的啦，這在台灣沒有賣，我們都是銷往國外。」

「博偉不錯嘛，自己當老闆啦。」

「現在混得還可以啦，前陣子才受邀到總統府跟官員討論現今台灣中小企業的發展與困境。」

「岳霖呢？現在在做什麼？」老扶問我。

「跟大家差不多啦，沒什麼特別的。」我說。

「我以為我變化很大了，不過你那肚子是怎麼回事，看來吃很好啊。」

大夥一陣哄笑。正巧這時鳥人帶著新娘前來敬酒。

「岳霖，我差點認不出你來，以前還笑大家會少年禿，結果反倒你先開始啦。」鳥人說道。

我只仰頭灌酒，尷尬笑著並不回應。

「岳霖怎麼不說話啦，還是跟以前一樣，很會這樣冷冷的不回應。大家也是，要不要聊聊以前的事啊。」老扶說。

老扶彷彿投入一顆石子入池，接著等待會掀起怎樣的漣漪，但那石子也只是無聲地沉沒池底了。一陣尷尬後，鳥人遂往別桌敬酒去了。

我收拾東西，說了有事要先離開，大家虛應地挽留一番，我也就起身離去了。博偉跟了上來，在大廳攔下我。

「怎麼不多待一下？不會是老扶剛才開你玩笑所以生氣了吧。」

「沒有啦，我跟客戶還有約，不得不走。我這個肚子，都是應酬喝酒來的，沒辦法，應該去一下健身房，但我根本沒時間。」

「大家只是開你玩笑而已啦。」

「我現在在賣保單，最近業績很差，你開公司應該認識很多人，有空幫我介紹一下。你也幫我買幾張吧。」

「沒問題，你名片給我，我再請助理打給你。」

回到家後，躺在沙發上，想著今天藉由婚宴聚在一起的同學，大家看起來都發展的很好的樣子，尤其是博偉，佔盡一切言語的便宜，成為讚美的焦點，好似回到那年夏天，唯一沒有話語權的只有我而已。

我只是一個不在場的人，我心想。在場但又不在場，太可笑了，我不禁笑出聲來。但是說實話，我現在難受地想槍殺我自己。

「我其實根本不必如此。」

這句話整晚一直在我腦海重複著，伴隨著鋼絲晃動的嗡嗡聲響，貶抑他人的快感與被貶抑的羞愧交織，簡直要讓人發狂。

「我其實根本不必如此。」

夜間，我帶著這句話入睡，許久不曾出現的夢境又回來了。這次電梯內部似乎陳舊黯淡許多，在隨之翻轉時，我突然意識到，這是最後一次了。沒有任何預兆，如此確切的感知就這樣進入到我的心裡，我以後不會再做這樣的夢了。我的年歲漸長，而夢境原來也是會老的。

隔天，我傳了簡訊給博偉，告訴他保單的事就算了吧，我一時業績壓力大到昏頭，才會向他開口的。而自從那封簡訊後，我們又再次地失去一切聯絡。

想起那年夏季的蟬鳴，那時每一隻蟬都脫殼羽化，把握人生最後一個季節，猛烈地鳴叫著。而我則因為一股阻力，還一直困在自己的蟬殼中出不來。那阻力只是進入到我生命中的一股力量，我不知那力量為何選上我。即使想要用最惡毒的方式對著世界大吼「不公平！這跟我有什麼關係！」都只是徒勞而已。

那年夏天，所有的蟬都飛走了，只有我還一直困在同一個季節裡。

釀文學238　PG2340

地球的背面

作　　者　張純甄
責任編輯　陳慈蓉
圖文排版　林宛榆
封面設計　王嵩賀
封面圖片　張心沂

出版策劃　釀出版
製作發行　秀威資訊科技股份有限公司
114 台北市內湖區瑞光路76巷65號1樓
電話：+886-2-2796-3638　傳真：+886-2-2796-1377
服務信箱：service@showwe.com.tw
http://www.showwe.com.tw
郵政劃撥　19563868　戶名：秀威資訊科技股份有限公司
展售門市　國家書店【松江門市】
104 台北市中山區松江路209號1樓
電話：+886-2-2518-0207　傳真：+886-2-2518-0778
網路訂購　秀威網路書店：https://store.showwe.tw
國家網路書店：https://www.govbooks.com.tw
法律顧問　毛國樑　律師
總 經 銷　聯合發行股份有限公司
231新北市新店區寶橋路235巷6弄6號4F
電話：+886-2-2917-8022　傳真：+886-2-2915-6275

出版日期　2019年11月　BOD一版
定　　價　250元

國立臺東生活美學館2019後山文學年度新人獎

國家圖書館出版品預行編目

地球的背面 / 張純甄著. -- 一版. -- 臺北市：釀出版,
2019.11
面；　公分. -- (釀文學；238)
BOD版
ISBN 978-986-445-356-6(平裝)

863.57　　　　108015970

讀者回函卡

感謝您購買本書，為提升服務品質，請填妥以下資料，將讀者回函卡直接寄回或傳真本公司，收到您的寶貴意見後，我們會收藏記錄及檢討，謝謝！如您需要了解本公司最新出版書目、購書優惠或企劃活動，歡迎您上網查詢或下載相關資料：http:// www.showwe.com.tw

您購買的書名：________________________________

出生日期：________年________月________日

學歷：□高中（含）以下　□大專　□研究所（含）以上

職業：□製造業　□金融業　□資訊業　□軍警　□傳播業　□自由業
　　　□服務業　□公務員　□教職　□學生　□家管　□其它____

購書地點：□網路書店　□實體書店　□書展　□郵購　□贈閱　□其他

您從何得知本書的消息？

□網路書店　□實體書店　□網路搜尋　□電子報　□書訊　□雜誌
□傳播媒體　□親友推薦　□網站推薦　□部落格　□其他________

您對本書的評價：（請填代號　1.非常滿意　2.滿意　3.尚可　4.再改進）

封面設計____　版面編排____　內容____　文／譯筆____　價格____

讀完書後您覺得：

□很有收穫　□有收穫　□收穫不多　□沒收穫

對我們的建議：________________________________

____

____

____

請貼
郵票

11466
台北市內湖區瑞光路 76 巷 65 號 1 樓
秀威資訊科技股份有限公司 收
BOD 數位出版事業部

（請沿線對折寄回，謝謝！）

姓　　名：＿＿＿＿＿＿＿＿ 年齡：＿＿＿＿ 性別：□女　□男

郵遞區號：□□□□□

地　　址：＿＿＿＿＿＿＿＿＿＿＿＿＿＿＿＿

聯絡電話：(日)＿＿＿＿＿＿＿＿ (夜)＿＿＿＿＿＿＿＿

E-mail：＿＿＿＿＿＿＿＿＿＿＿＿＿＿＿＿